DRAUSSEN AUF DEN DÜNEN VERGISST MAN ES KEINEN AUGENBLICK

Roman

MISHA SOMMER

Draussen auf den Dünen vergisst man es keinen Augenblick

Misha Sommer

Roman

Für meine Eltern

*Danke Christine, Philippe, Françoise, Hans Paul und
meinen anderen Freunden*

Dies ist die 2. Auflage, Taschenbuch, 2021 (1. Auflage 2020: eBook
ASIN B08PCB36KC, Taschenbuch ISBN
9798574457269, Titelbild: "Erde" von Misha Sommer,
Instagram: @thisfakeuniverse
Instagram: @misha.sommer
mishasommer.com

Prolog

„As we got farther and farther away, the Earth diminished in size. Finally it shrank to the size of a marble, the most beautiful marble you can imagine…seeing this has to change a man.“

James Irwin, Apollo 15

Kapitel Eins

Vorhin stand Walser lange draussen, blickte
auf die Lichter der Stadt im Tal. Es nieselte und der
Nachthimmel war bedeckt.

Aus dem Wald waren Wildtiere zu hören und die
Luft hatte nicht mehr als vielleicht zwei, drei Grad. Er
fror, doch blieb er lange dort stehen, atmete tief die
kühle, feuchte Luft ein, hörte dem Klang des Regens
zu und genoss einfach den Moment.

Nach einer Weile ging er in seinen Wohnwagen,
brühte sich einen Tee auf, schrieb an seiner Story und
schaltete den Ofen an und den Fernseher ein.

Seitdem ist nun eine Stunde vergangen.

Walser sitzt noch immer vor dem Fernseher.

Die Zeit vergeht schnell, zu schnell.

Eine kurze Nacht liegt vor ihm und obwohl Walser
müde ist, will er seinen Blick nicht von der Mattscheibe abwenden. Sein Wohnwagen ist mit einer
modernen Küche und einem reichlich gefüllten Kühl-

schrank ausgestattet: Sandwiches, Käse, Steaks, Gemüse, Getränke. Vielleicht kocht er sich später etwas oder bereitet sich einen kalten Mitternachtsimbiss zu, doch jetzt möchte er fernsehen und über alles nachdenken.

Er ist dankbar für den Satellitenempfang.

Zweitausend TV-Sender.

So lange er kann, möchte er wachbleiben.

Alles andere wäre Verschwendung.

Er blickt auf die Uhr: 20:55 Uhr. *Die wilden Bienen Afrikas* hat soeben auf BBC begonnen. In der Nahaufnahme die seltsamen Kiefer seltsamer Tiere, sie beissen sich durch ihre Wachszellen in den Waben. Schwänzeltanz der Bienen, Pheromone der Königin, Gelée Royale, etc. Noch bevor sich die Flügel einer frisch geschlüpften Arbeiterbiene entfaltet haben, beginnt sie zu putzen. Eines Tages wird der Bienenschwarm aus seinem Stock vertrieben und hockt schutzlos auf einem Baum. Ein hungerndes, durchnässtes Hündchen draussen im Gewittertreiben hätte nicht mehr Bedauern in Walser auslösen können als dieses schutzbedürftige Kollektiv aus Insekten. Stunden später findet der Schwarm dann Asyl in einen künstlichen Bienenstock in der Landwirtschaftszone. Monate später der Umzug in einen 40 km entfernten Oliven- und Zedernwald am Fusse des Mount Kenia. Happy End. Walser schaltet um auf einen Krimi.

22:11 Uhr. Auf National Geographic eine Sendung über das Okavango Delta. Wortspiel in der Reportage: »Die Flusspferde sind Gewohnheitstiere«. Er lernt, dass die Flusspferde sich ihren Weg durch die Wasserpflanzen pflügen, was wiederum hilft, das ansonsten stehende Wasser zum Fliessen zu bringen. Sie gelten daher als eigentliche Architekten dieses Deltas, weil aufgrund ihrer Trampelpfade das Wasser umverteilt wird. Dank der Flusspferde verwandle sich das Delta nach der Trockenzeit nicht in eine Salzwüste, weil die Trampelpfade weiterhin Bestand hätten und das Wasser danach genau durch diese Kuhlen fliesse. So bleibe die Artenvielfalt erhalten.

23:05 Uhr. Auf dem Sender VOX endet soeben ein Karate-Actionfilm, danach folgt eine Sendung über Tier-Hybride:

Maulesel

Maultier

Grolar Bär

Liger

Töwe

Zebroid

Zorse

Schiege

Leopon

Cama

Komische Welt, denkt er.

Er hat so oft ferngesehen in seinem Leben, so viele Stunden. Die Fernsehbilder: Facettenaugen der Menschheit.

Alles schon tausendmal gesehen. Es gibt nichts Neues. Alles ein alter Hut.

Dich kann nichts mehr überraschen, du Fernseher, ja, du bist schon längst ein Argus Panoptes, hast die Welt zur Genüge, zum Überfluss schon gesehen. Dir braucht niemand etwas vorzumachen. Es ist schwierig, dir Neuigkeiten anzudrehen, dich mit Brisanz am Wickel zu haben.

Walser zappt auf den nächsten Sender: Werbung für Zahnpaste.

0:05 Uhr. Er gelangt auf Fox Movie Channel in

den Woody Allen- Film "Der Stadtneurotiker" von 1977. Die Hauptfigur Alvy Singer erinnert sich gerade, wie er zusammen mit der Mutter beim Psychiater war.

Mutter: »He's been depressed. All what he is saying is, that he cannot do anything.«

Psychiater: »Why are you depressed, Arvey?«

Mutter: »Tell Doctor Flicker... it's something he read.«

Psychiater: »Something you read, huh?«

Bub: »The universe is expanding.«

Psychiater: »The universe is expanding?«

Bub: »Well, the universe is everything and if it is expanding, someday it will break apart and that will be the end of everything.«

Mutter: »What is that your business? He stopped doing his homework!"

Bub: »What's the point?«

Mutter: »What's got the universe to do with it? You are here in Brooklyn. Brooklyn is not expanding.«

0:27 Uhr. Er zappt weiter auf Nat Geo Wild: *Plitvice – Im Land der fallenden Seen*. Die alten Wälder, das klare Wasser der Kaskaden-Seen, die Fauna. Wehmut erfüllt ihn, als er daran denkt, dass er vor zwei Jahren hatte dorthin reisen wollen, es dann aber wegen eines wichtigen Zeitungsartikels verschoben hatte auf irgendwann.

Walser nimmt sich vor, nächste Woche eine Reise nach Kroatien zu buchen –

0:45 Uhr: Schweizer Fernsehen. Wettervorhersage für den kommenden Tag. Danach Werbung für das Berner Oberland und für Mineralwasser aus den Bündner Alpen. Später ARTE mit Tierzeit: *Die Schimpansen in Gombe*, Bayern 3 mit "*Reisewege zur Kunst:*

Toskana. Anschliessend auf VOX die Sendung Voxtours: *Mexiko*.

1:03 Uhr. *Space Night* auf dem Sender Bayern Alpha: Erdumrundungen mit Space-Shuttles, dazu Elektromusik. Walser schaltet um auf einen billig gemachten Actionfilm.

Er ist erleichtert –

Manchmal sind billig gemachte Actionfilme das Beste, was man im Leben haben kann.

Walser nimmt sich eine kühle Dose Bier aus dem Kühlschrank und starrt dann wieder auf den Bildschirm.

Wäre er damals vor einem Jahr nicht an diesem verflixten Kongress gegangen, so könnte er heute ruhig schlafen –

Glücklich sind die Unwissenden, denkt er und nimmt einen Schluck Bier.

Kapitel Zwei

Die Erde ist flach.

Bruno Walser stand etwas verloren im Hotel-Foyer und blickte an dem riesigen Banner hoch, der von der Decke herabhing.

Er las den Satz immer wieder.

Die Erde ist flach, das stand so selbstverständlich auf diesem Banner, als ob dies eine wissenschaftliche Erkenntnis sei.

Heute fand der dritte Kongresstag der *Flat Earth Group* statt, einer weltweit aufstrebenden Organisation, welche propagierte, dass die Erde keine Kugel sei, sondern flach wie eine Scheibe.

Hier an diesem Ort fühlte er sich völlig fehl am Platz, ein feindlicher Spion wider Willen. Für diese Wissenschafts-Banausen interessierte er sich nicht aus persönlichen Gründen, sondern einer musste ja die Drecksarbeit machen und an den Flacherdler-Kongress gehen.

Die Redaktionsleitung der NZZ hatte ihn hierhin geschickt, obwohl er eigentlich für die Rubrik *Freizeit und Gesellschaft* zuständig war. Sein Kollege Huber von der Rubrik *Forschung und Technik* hatte sich bei der Redaktionssitzung heftig dagegen gesträubt, selbst investigativ nachzuforschen. Das sei unter seiner Würde, hatte Huber gesagt, schliesslich besitze er einen Master-Abschluss in Physik.

Dann hatten alle ihn, Walser, angeschaut.

Er sei »unbefangen«, solle sich das mal von innen ansehen und den Lesern zeigen, welche Leute heutzutage noch an die flache Erde glaubten, in Zeiten von Elektroautos, Kryptowährungen und Mars-Missionen.

Mit einigen Flacherdlern war er nun bereits ins Gespräch gekommen, hatte sich von ihnen die Welt erklären lassen. Die NASA lügt, hatte eine ältere Dame ihm voller Empörung erklärt. Die waren gar nie auf dem Mond, das war nur, um den Wettlauf gegen die Russen zu gewinnen. Ein junger Mann, kaum zwanzig Jahre alt, pflichtete ihr bei. Ja, der Mond ist sowieso nicht echt. Das ganze Universum ist Fake.

Die Anhänger waren eine sehr heterogene Gruppe. Was diese Leute miteinander verband, war ihr Glaube daran, dass die Erde keine Kugel, sondern eine Scheibe war.

Da war das junge Paar mit zwei Kleinkindern, das eigentlich einen ganz vernünftigen Eindruck machte.

Dann der alternative Lokalpolitiker aus dem Bündnerland, der ein T-Shirt mit der Aufschrift *Vergiss den Globus* trug.

Eine bekannte Managerin aus der Basler Pharmaindustrie war auch dort. Sie verbot Walser strikte, ein Wort über sie in seinem Artikel zu schreiben, verriet ihm aber, dass sie schon lange nicht mehr an die Mondlandung und die Live-Fotos der Internationalen Raumstation ISS glaube, mehr sage sie jedoch nicht.

Dafür war ein junger Ethnologiestudent gesprächiger, schwafelte etwas von einer weltweiten Täuschungsaktion, um die Menschen besser kontrollieren zu können.

Am besten verstand sich Walser mit dem pensionierten Schlossermeister, der sagte, er hätte sich schon immer für die Astronomie interessiert. Einiges sei für ihn einfach nicht stimmig. Er wolle dem nachgehen und sich alternative Erklärungen anhören.

Walser ging an einem Verkaufsstand vorbei, um den sich ein gutes Dutzend Besucher geschart hatte. Auf dem Tisch standen diverse Globus-Alternativen. Er nahm eine Schneekugel und schüttelte sie. Schneeflocken fielen auf die Erdscheibe. »Alles handgemacht«, sagte der Verkäufer. Daneben T-Shirts und Pullover mit einschlägigen Aufschriften:

Die NASA lügt

Die Erde ist flach

Denk selbst. Hinterfrage die Globus-Lüge

Im grossen Konferenzsaal befanden sich bereits viele Leute, welche sich in Gruppen unterhielten. Walser versuchte, einige Gespräche zu belauschen, doch es war nicht möglich inmitten der vielen Stimmen und des Durcheinanders der parallelen Gespräche. Plötzlich betrat Max Lienhard, der Präsident der Flacherdler, den Raum.

Walser packte die Gelegenheit und kämpfte sich durch die Menschenmenge, um zu Lienhard zu gelangen.

Noch bevor er ihn ansprechen konnte, bauten sich vor ihm zwei Hünen auf, vermutlich Bodyguards, und versperrten ihm den Weg, was ihn aber nicht davon abhielt, Lienhard seinen Presseausweis entgegenzustrecken.

»Herr Lienhard, Walser von der NZZ. Ich bitte Sie um ein spontanes Interview.«

Lienhard taxierte ihn und den Ausweis und nickte dann zustimmend. „Ok, fünf Minuten", sagte er. Er wirkte übermüdet und etwas zerstreut, doch Walser würde ihn nicht unterschätzen.

Man konnte von Flacherdlern denken, was man wollte, aber es war bekannt, dass Lienhard ein smarter Typ war.

»Wie kann jemand wie Sie an die flache Erde glauben?« fragte Walser.

»Jemand wie ich?« fragte Lienhard zurück.

»Wie kann jemand mit gesundem Menschenverstand sämtliche Fakten ignorieren?« fragte Walser. Er liess sich nicht einschüchtern.

»Beweisen Sie mir das Gegenteil.« Lienhard wirkte unbeirrbar. Walser wollte ihn provozieren, doch dies schien schwierig zu sein. Die Flacherdler hatten auf alles eine Antwort.

»Haben Sie nie von Apollo 11 gehört? Was ist mit den Astronauten, welche die Erdkugel aus der Ferne gesehen haben?« fragte Walser.

»Wer sagt, dass die Mondlandung tatsächlich stattgefunden hat?« fragte Lienhard. Walser ärgerte sich, dass Lienhard mit einer Gegenfrage antwortete. Er würde ihn schon noch aus der Reserve locken.

»Und die vielen Fotos und Filmaufnahmen? Armstrong im Mondsand, die aufgestellte US-Fahne, die Sprünge in der Schwerelosigkeit?« fragte Walser.

»Studioaufnahmen können sehr überzeugend sein«, sagte Lienhard.

»Die Bilder sehen verdammt echt aus«, sagte Walser.

»Haben Sie denn nie den Kinofilm *2001: A Space*

Odyssee gesehen? Da sieht auch alles verdammt echt aus. Stanley Kubrick war ein Genie.«

»Und die Aufnahmen vom Mars?« fragte Walser. Er musste diese Fragen stellen, um Lienhard besser einschätzen zu können.

»Nehmen Sie ein Foto von *Devon Island* in Kanada und färben Sie es mit roter Farbe ein, dann haben Sie Ihre Marslandschaft.« Lienhard wirkte nicht im Geringsten verunsichert. Er schien sich seiner Sache sicher.

»Und was ist mit dem Wettersatelliten, welcher im Jahre 1960 erstmals die Kugel aus 700 Kilometern Entfernung umkreiste und das erste Foto der Erdkugel aus dem All schoss?« fragte Walser und konnte sich die Antwort schon denken.

»Sie meinen wohl *Tiros 1*, der diese Aufnahmen an einem 1. April machte«, sagte Lienhard.

»Dann ist wohl alles ein Aprilscherz für Sie«, sagte Walser, »wohl auch der berühmte Fallschirmsprung aus der Stratosphäre. Damals wurde alles live übertragen. Aus 39 Kilometern Höhe war die Erdkrümmung gut sichtbar. Zwei Milliarden Menschen haben das gesehen.«

Er würde Lienhard schon noch auf dem falschen Fuss erwischen und irgendwo eine Schwachstelle im Gedankenkonstrukt der Flacherdler finden.

»Niemand war dabei. Nur eine Kamera hat alles gefilmt.«

Lienhard war wie Teflon –

Er schien auf alles eine Antwort zu haben –

Walser war nicht überrascht, denn er wusste, dass es äusserst schwierig war, mit Verschwörungstheoretikern zu diskutieren, weil man deren Aussagen oft nur schwer widerlegen konnte und sie einfach die Fakten

verdrehten oder leugneten. Dennoch verspürte er Wut
über Lienhards Dreistigkeit.

»Das war eine nette Show“, sagte Lienhard, „finan-
ziert von einem Grosskonzern, der Energydrinks
verkauft.«

Lienhard schien gelassen. Walsers Puls erhöhte
sich. "Also auch nur eine Verschwörung?", fragte er. Er
musste sich beherrschen, äusserlich ruhig bleiben.

»Sie können das selbst nachprüfen: Mit einem
Weitwinkelobjektiv sieht jede Linie gekrümmt aus,
auch der Horizont", sagte Lienhard und blickte auf die
Uhr. »Ich muss nun wirklich los, der Vortrag…«. Er
wirkte gestresst.

Walser sah, dass die Konfrontationts-Strategie
nichts brachte. Er würde anders fragen.

»Ich würde gerne verstehen, was für Sie persönlich
den Ausschlag gegeben hat, dem Weltbild des Globus
den Rücken zuzukehren.«

Endlich hatte er einen guten Anhaltspunkt gefunden. Nun hatte er Lienhard.

»Das kann ich Ihnen nicht in zwei Sätzen erklären«, sagte Lienhard und blickte auf die Uhr.

»Bitte entschuldigen Sie mich jetzt, Ihre fünf
Minuten sind abgelaufen. Ich muss meinen Vortrag
jetzt halten, es ist sehr wichtig.«

Lienhards Eile wirkte echt und er schien tatsächlich
unter Druck zu stehen. Dennoch war Walser
enttäuscht.

»Dann später?« fragte er. Ausgerechnet jetzt, da er
die richtige Interview-Taktik gefunden hatte, unter-
brach Lienhard das Gespräch. Vermutlich wollte er so
den Kopf aus der Schlinge ziehen.

»Ja, in Ordnung, lassen Sie sich von meinem
Sekretär einen Termin geben.« Lienhard drückte

Walser eine Visitenkarte in die Hand und hastete zum Rednerpult. Die beiden Bodyguards folgten ihm.

Das Interesse an der Flacherdler-Konferenz war gross, insbesondere am heutigen Tag, denn Max Lienhard als Vorsitzender der aufstrebenden Flacherde-Bewegung galt als eloquentester Redner hier, welcher, anders als manche seiner Gesinnungsgenossen, smart und schlüssig argumentierte, das machte ihn glaubwürdig und sicherte ihm den Respekt seiner Gegner.

Die Bewegung der Flacherdler propagierte, dass die Erde keine Kugel sei, sondern eine flache Scheibe mit einer transparenten Sphäre, wie eine dieser Schneekugeln, die er vorhin geschüttelt hatte. Die Erde war demnach eine Art umgekehrter Frisbee, in dessen Mitte sich die Arktis befand. Die Antarktis hingegen war keine punktförmige Eiswüste am Südpol des Globus, sondern ein ringförmiger Eiswall immenser Ausmasse, sozusagen der Rand des Frisbees, welcher die Weltmeere einfasste, ähnlich wie bei einem Planschbecken.

Bei seinen Recherchen hatte Walser gemerkt, dass es gar nicht so einfach war, die Argumente der Flacherdler zu widerlegen. Wie wollte man die Kugel beweisen, wenn alle Fotografien und Videos der Erde als Fälschungen abgetan wurden und man die Antarktis aufgrund politischer Restriktionen nicht einfach mit dem Flugzeug überfliegen konnte, um alles zu überpüfen und zu vermessen?

Die Idee der flachen Erde erschien absurd, doch mittlerweile berichteten auch seriöse Zeitungen über die Bewegung.

Walser hatte sich vorgängig sehr intensiv vorbereitet und alles Verfügbare über Lienhard in Erfahrung gebracht. Man wusste wenig Persönliches über den

Kadermann der Flacherdler zu berichten. Es hiess, er sei sehr reich, sehr smart, habe mit Kryptowährung ein unbeziffertes Vermögen gemacht, er sei viel in der Welt herumgekommen, ein Globetrotter, wenn man so wollte, und Lienhard sei äusserst grosszügig, spende für humanitäre Hilfsorganisationen und auch für den Umweltschutz. Es gab mehrere Stiftungen, von denen eine an der Reinigung des plastikverseuchten Ozeans beteiligt war und die andere in den Tierschutz investierte. Unter anderem finanzierte Lienhard ein Tierheim auf Kreta. Der oberste Flacherdler war somit scheinbar ein ehrbarer Mann, Philanthrop und Tierfreund.

Vielleicht jedoch war dies alles nur eine Fassade.

Gerüchte machten die Runde, dass Lienhard in einen noch ungeklärten Mordfall verwickelt sei und sogar als Täter in Frage komme.

Ansonsten gab es so gut wie keine Informationen über ihn. Vor zwei Jahren war er aus dem Nichts auf der Bildfläche erschienen, hatte die vor sich hindümpelnde Flacherde-Organisation von innen heraus revolutioniert und international gross gemacht.

Noch vor zwei Jahren hatte die Organisation ihre Mitglieder-Treffen im Nebenraum des Restaurants »Hirschen«, welches sich im Zürcher 600-Seelen-Dorf Adlikon befand, abgehalten.

Sieben Interessenten waren damals gekommen.

Doch im Laufe dieser zwei Jahre war die weltweite Mitgliederzahl exponentiell gestiegen und mittlerweile war die Rede von vielen Millionen Menschen.

Der diesjährige Kongress fand im grossen Saal eines Zürcher Luxus-Hotels statt. Der Raum war für mehr als 500 Besucher ausgelegt und mittlerweile derart überfüllt, dass die Leute draussen in den Gängen stehen mussten und sich die Vorträge nur über Monitore ansehen konnten. Die Veranstaltung wurde zudem live ins Internet übertragen.

Walser war hin- und hergerissen zwischen Belustigung und Besorgnis. Er musste zugeben, dass nicht alle Flacherdler-Argumente vollständig von der Hand zu weisen waren.

Einige Kritikpunkte, die sie vorbrachten, waren berechtigt, wie er fand. Tatsächlich war es seltsam, dass historische Videos und Bilder der Mondlandung mittlerweile als verschollen galten. Doch was ihn noch stutziger machte: Heute, mehr als fünfzig Jahre nach der ersten Mondlandung, besass jedes Handy eine bis zu millionenfach höhere Rechenleistung als der damalige NASA-Computer. Dennoch hiess es, dass man derzeit keine Mond-Mission starten könnte, weil es technische Einschränkungen gebe. Das passte irgendwie nicht zusammen.

Lienhard startete seinen Vortrag mit der ersten Folie. Darauf zu sehen war das bekannte *Blue Marble*-Foto, welches 1972 von der Apollo-17-Crew aus 45'000 km Entfernung geschossen worden war. Ein ikonisches Foto, welches als Sinnbild für die Erde stand. Es war millionen- oder gar milliardenfach vervielfältigt und für die verschiedensten medialen, politischen und kommerziellen Zwecke verwendet worden. Dann erschien der Text: "Dies ist nicht die Erde." Walser hatte zwar so etwas Ähnliches erwartet, schliesslich hatte er es hier ja mit Flacherdlern zu tun, aber in ihm sträubte sich alles.

Die Erde ist flach, erschien nun auf der Leinwand. Die Leute jubelten, sprangen von ihren Sitzen auf und skandierten: "Die Erde ist flach! Die Erde ist flach! Die Erde ist flach!"

Instinktiv stand nun auch Walser auf und schrie: »Spinnt Ihr alle?« Doch seine Stimme ging im Getöse der Menge unter und er verstummte, als ihm bewusst wurde, dass er für einen Moment die Fassung verloren hatte. Seine Aufgabe war es, neutral zu berichten. Doch dieses Schauspiel weckte Abscheu in ihm. Wie konnte Lienhard die Menschen so blenden? Eine kollektive Verblödung war hier im Gange.

Schliesslich beruhigte sich die Menge und der Vortrag ging weiter. Walser machte sich laufend Notizen und er würde das versprochene Interview von Lienhard einfordern.

Nach einer halben Stunde Vortrag projizierte Lienhard einige Grafiken und Zahlen auf die Leinwand, die nochmals alle Kritikpunkte am Kugelmodell zusammenfassten.

Dann machte er eine Kunstpause und sagte: »Danke.«

Die Menge applaudierte frenetisch und erhob sich erneut vom den Stühlen. Minutenlanger Applaus erfüllte den Saal.

Plötzlich hob Lienhard die Hand, machte deutlich, dass sich die Leute setzen sollten und er noch etwas sagen wolle. Sofort verstummte die Menge und lauschte wieder seinen Worten.

Dumme Schafe, dachte Walser.

»Da ist noch etwas...«, sagte Lienhard und er lächelte zum ersten Mal an diesem Tag. Ein Raunen ging durch den Saal: Alle waren überrascht und gespannt, was er erzählen würde.

»Ich wusste es. Jetzt bringt er den ultimativen Beweis für die flache Erde.", raunte ein Flacherdler Walser zu. Lautes Gemurmel in der Menge, alle waren aufgeregt.

Lienhard rief die nächste Folie auf.

»Weltsensation. Endlich der Beweis!« stand darauf.

Lienhard wollte etwas sagen, doch jäh erfüllte in der Nähe des Rednerpultes ein gleissendes Licht den Raum und eine Sekunde später ertönte ein lauter Knall. Eine massive Druckwelle folgte, welche den ganzen Saal durchquerte und die Fensterscheiben zerbersten liess. Die Menschen im Saal wurden mit grosser Wucht von ihren Stühlen gefegt.

Dann Stille.

Staub lag in der Luft.

Walser lag am Boden.

Ihm pfiffen die Ohren und sein linker Arm fühlte sich schrecklich an, doch bevor er weiter darüber nachdenken konnte, verlor er das Bewusstsein.

Kapitel Drei

AUF DEN TAG GENAU EIN JAHR NACH DEM ATTENTAT, an einem frühen Montag Nachmittag, sass Bruno Walser in einem Zürcher Café und rührte in seinem Latte Macchiato. Der Jahrestag machte ihn nachdenklich. Um diese Zeit war hier wenig Betrieb. Die meisten Geschäftsleute waren bereits vom Mittagessen zurück zur Arbeit gegangen. Vereinzelt sassen ein paar ältere Damen bei Kaffee und Kuchen beisammen, plauderten über ihre Themen.

Nach dem Anschlag auf den Flacherdler-Kongress war er mit gebrochenem Arm und geplatztem Trommelfell über einen Monat lang krank geschrieben gewesen.

Mittlerweile schmerzte der Arm nur noch bei bestimmten Wetterveränderungen.

Auch die Ohren waren wieder ok.

Doch seitdem er seine Arbeit wieder aufgenommen hatte, zog er es vor, nicht mehr in den engen Redaktionsräumen zu sitzen, sondern als freischaffender Journalist nach Stories zu suchen. Zudem hatte Huber von *Forschung und Technik* mittlerweile gekündigt, und so war nun Walser für die Rubrik zuständig.

Der Bombenanschlag vom vorigen Jahr war noch nicht aufgeklärt. Die Behörden arbeiteten langsam.

Es grenzte an ein Wunder, dass keiner der Kongressbesucher beim Anschlag getötet oder schwer verletzt worden war. Einzig von Lienhard wusste niemand, ob er noch lebte. Verschiedene unbestätigte Quellen behaupteten, er sei kurz nach dem Attentat an seinen Verletzungen gestorben. In verschiedenen Internetforen konnte man zudem lesen, dass der Grund für das Attentat ein geheimes Projekt Lienhards gewesen sei, denn er und sein Team hätten in der Antarktis jenen Ort gefunden, an dem die Erdscheibe endete. Die NASA selbst habe danach verhindern wollen, dass Lienhard dies an die Öffentlichkeit tragen konnte.

Eine offizielle Stellungnahme seitens der Flacherdler gab es nicht. Einzig war bekannt, dass Hasler als neuer Vorsitzender der Organisation gewählt worden war.

Dank dem Attentat war ein neuer Hype ausgebrochen und die Idee der flachen Erde wurde überall diskutiert.

Im Gegensatz zu Lienhard war Hasler ein unscheinbarer Mann, der im Hintergrund agierte. Die Interview-Anfrage Walsers hatte er mehrmals abgelehnt. Einen sehr kritischen Artikel hatte Walser aber dennoch verfasst und viele Medien zitierten seinen Bericht, was den Flacherdlern viel Gegenwind beschert hatte.

Nach verschiedenen Drohungen besass er nun eine geheime Telefonnummer und er hatte auch die Wohnadresse geändert.

Derzeit schrieb er an einer mehrteiligen Serie über

die Bedeutung der Wissenschaft für Science-Fiction-Filme – und umgekehrt.

Ihn interessierte, inwiefern Utopien und futuristische Ideen sich als neues Gedankengut in einer Gesellschaft verfestigten und wie sie die Wissenschaftler beflügelten, nach neuen, teilweise verrückten Lösungen in der Realität zu suchen.

Walsers Telefon vibrierte und riss ihn aus seinen Gedanken. Die SMS kam von einer unbekannten Nummer. Jemand hatte offenbar gute Arbeit geleistet, seine Geheimnummer herauszufinden.

Er las die Nachricht: *Wenn Sie mehr über das damalige Attentat und die Gründe dafür erfahren wollen, fahren Sie morgen nach Brunnen im Kanton Schwyz. Nehmen Sie um 9:05 Uhr die Luftseilbahn rauf zur Bergstation Urmiberg. Erzählen Sie niemandem davon.*

Walser wusste nicht, was er davon halten sollte. Als ehemaliger Volontär in ausländischen Krisengebieten war er unerschrocken genug, um sich potentiell in Gefahr zu begeben, damit er an interessante Informationen gelangen konnte. An eine Falle wütender Flacherdler glaubte er nicht, denn dafür war er zu unwichtig.

Dennoch war ihm diese Geheimniskrämerei suspekt. Er würde seiner Wohnung eine Nachricht hinterlegen, falls man irgendwann nach ihm suchen sollte. Für ihn war klar, dass er die Einladung annehmen und nach Schwyz reisen würde.

Er bestellte sich noch einen Kaffee und schrieb weiter an seinem Wissenschafts-Artikel.

Kapitel Vier

AM NÄCHSTEN TAG REISTE WALSER NACH BRUNNEN und begab sich zur Talstation der Seilbahn. Es war kühl hier und der Himmel erschien grau und undurchdringlich, einer Kuppel gleich.

Walser lächelte.

Vielleicht hatten die Flacherdler ja doch recht.

Fast schon hätte er sich als Bewohner einer der Flacherde-Schneekugeln wähnen können, welche damals beim Kongress verkauft wurden, denn hier schien es beinahe so, als bestünde die ganze Welt nur gerade aus dieser von den Bergen, dem Vierwaldstättersee und dem Hochnebel umschlossenen Ortschaft.

Ein Paradies für Flacherdler.

Noch waren keine Touristen unterwegs.

Walser sass alleine in der Gondel, die gemächlich mehrere hundert Höhenmeter erklomm und irgendwann auch die dichte Hochnebelschicht durchstiess.

Mit einem Mal eröffnete sich vor ihm ein mächtiges Panorama aus den fjordähnlichen Bergen und dem Nebelmeer, welches in der Form des Vierwaldstättersees im Seebecken waberte.

Von hier aus konnte man nichts Definitives über die Form der Erde sagen. Die Landschaft wirkte gebirgig, aber dennoch wie eine endlose Fläche, welche nun vom Flaum des Nebels bedeckt war. Walser musste blinzeln, so hell war die Reflexion des Sonnenlichts auf dem Weiss.

Nach sieben Minuten war die Fahrt vorüber, und noch bevor Walser aus der Gondel gestiegen war, erhielt er erneut eine SMS von Unbekannt: *Nehmen Sie jetzt den Fussweg bis zu den Wander-Wegweisern und sehen Sie unter dem grossen Stein nach. Schalten Sie jetzt Ihr Handy sofort aus und entfernen Sie die SIM-Karte.*

Unter dem besagten Stein fand Walser einen Hohlraum im Boden, in welchem eine solide Plastikbox lag. Er öffnete sie und fand ein GPS-Gerät.

Kaum hatte er dieses eingeschaltet, begann es, eine vorprogrammierte Route zu berechnen. Das GPS führte ihn zunächst auf einem Wanderweg weiter den Berg hinauf.

Er schwitzte, als er den steilen Waldweg hinaufging, und blieb schliesslich stehen, um kurz zu verschnaufen. Durch die Äste der Bäume am Abhang sah er das Blau des Vierwaldstättersees.

Seit dem Attentat hatte er viel über die Flacherdler nachgedacht.

Das Meiste, das diese Gruppierung behauptete, fand er dumm. Dennoch hatte ihn das damalige Attentat auch irritiert. Dieses war kein Lausbubenstreich oder eine Aktion von wütenden Globusanhängern gewesen, sondern ein professionell durchgeführtes Attentat. Nur ein glücklicher Zufall hatte dafür gesorgt, dass die zweite Bombe nicht gezündet hatte und dass bei der ersten Bombe nicht der gesamte Sprengstoff explodiert war. Jemand hatte Lienhard um jeden Preis töten wollen.

Doch warum griff man ihn an?

Wer würde vom Tod Lienhards profitieren?

War da ein Kugelerdler, der die Flacherdler so sehr hasste, dass er ihren charismatischen Chef umbringen wollte?

Oder etwa ein verärgerter Astronom, der die Menschheit vor der Verblödung retten wollte?

Oder war es vielleicht doch ein Geheimdienst, der nicht wollte, dass Lienhard etwas gleichermassen Unglaubliches wie auch Sensationelles verkündete, eine flache Erde?

Ein solcher Beweis würde schliesslich zeigen, dass die NASA und sämtliche Regierungen die Menschen belogen.

Die flache Erde.

Walser grinste.

Er stellte sich eine Expedition an den Rand der Welt vor.

Eine Gruppe von Abenteurern, welche über die weisse, unendlich erscheinende Eis- und Schneefläche des Antarktis-Plateaus stapfte. Dann ein jäher Stopp. Vor ihnen der extremste Abgrund der Welt. Eine scharfkantige Klippe, die nicht etwa ins Meer abfiel, sondern ins Weltall. Sterne am hellichten Tag, direkt vor ihren Füssen. Ein Milliarden Lichtjahre tiefer Abgrund, der jeden verschlingen würde, der jetzt einen Schritt zuviel machte.

Er lachte.

Eine idiotische Vorstellung!

Ohnehin nahm er die Flacherdler nicht ernst, doch selbst, wenn er für einmal seinen Widerwillen beiseite- schob und ihre Verschwörungstheorien kurz ernstnahm, konnte er sich nicht vorstellen, dass die NASA und die Regierungen die Menschen derart belogen. Hierfür sah er kein sinnvolles Motiv.

Es war zudem nicht so, dass diese Globus-Kritiker alle aussergewöhnlich intelligent waren und man auf ihr Urteil vertrauen konnte. Bei den meisten von ihnen handelte es sich wohl einfach um Durchschnittsbürger. Aber dumm waren sie eben auch nicht, und es erschien ihm anmassend, sie einfach als Trottel darzustellen.

Handkehrum widersprach es jeglicher Logik, das Wort irgendwelcher Dilettanten für bare Münze zu nehmen und gleichzeitig astronomisches Wissen, das die Menschheit über Jahrhunderte gesammelt hatte, für nichtig zu erklären.

Dennoch musste er sich eingestehen, dass auch er alles nur aus den Schulbüchern kannte. Wenn er sich alles für einmal ganz unvoreingenommen vorstellte: unsere Sonne als Fusionsreaktor, um den wir uns wie in einem monströsen Karussell drehten, mit Tausenden Stundenkilometern. Es war eigentlich ungeheuerlich. Auch der Gedanke ans Sonnensystem erschien ihm unwirklich.

Walser atmete tief ein.

Süsslich roch die Luft nach trocknendem Holz. Vom Waldpfad aus hatte er eine Sicht durch die Bäume aufs Tal und auf den See.

Alles war so ruhig.

Kein Luftzug hier.

Er versuchte, sich vorzustellen, wie sich gerade jetzt der Erdball mit 1'670 Stundenkilometern um sich selbst drehte. Doch er spürte keine Bewegung. Er spürte auch nicht, dass die Erde genau jetzt mit rund 100'000 Stundenkilometern um die Sonne flog. Und der Gedanke, dass sich das gesamte Sonnensystem mit rund einer Million Stundenkilometern auch noch um den Kern der Galaxie bewegte, war befremdend. Doch von alledem war hier nichts zu spüren.

Unter ihm: der Vierwaldstättersee, glatt wie ein Spiegel. Die Kursdampfer wirkten von hier aus wie Spielzeugschiffe in einer Badewanne. Er betrachtete sie eine Weile lang.

Dann drehte sich Walser um und setzte sich auf dem schmalen Pfad wieder in Bewegung, erreichte schliesslich ein kleines Plateau, von dem aus er einem Wanderweg in Richtung Westen folgte, der sich immer mehr verjüngte und ihn schliesslich mitten durchs Unterholz lotste.

Nach anderthalb Stunden im Zickzack-Kurs kam Walser schliesslich zu einer Waldlichtung, auf der sich ein etwas verwilderter Campingplatz befand. *Sie haben Ihren Zielort erreicht.* Das GPS schaltete sich nach der Meldung automatisch aus.

Walser sah sich um.

Der Platz war in die Jahre gekommen.

Es sah so aus, als habe er vor mehreren Jahrzehnten seine grosse Zeit gehabt. Das Schild mit der *Verordnung zum Gesetz über den Feuerschutz des Kantons Schwyz* war auf das Jahr 1986 datiert. Die Feuerstelle war lange nicht genutzt worden; verheddderte Brombeersträucher und dichte Brennessel-pflanzen hatten den schweren Grill und die übereinandergeschichteten Steine fast vollständig überwuchert und auch die hölzerne Sitzbank wirkte vermodert. Doch der weitläufige Platz bot auch eine bemerkenswerte Aussicht über die Baumkronen hinweg, von denen bereits viele in verschiedenen roten und orangen Farbtönen glommen. Der ganze Wald hatte einen Rotstich angenommen, der das

Auge verführte, immer wieder von Neuem hinzuschauen.

Die Sonne schien, aber die Bise kühlte; ein Wetterumschwung kündigte sich an.

Er stellte sich zum abschüssigen Rand des Campingplatzes. Sträucher verdeckten das schroffe, felsige Ende des Geländes, das steil mehrere hundert Meter in den Abgrund wies. Kein guter Ort für Melancholiker. Der Nebel weit unter Walsers Füssen wurde bereits löchrig und offenbarte Teile des grünblau strahlenden Vierwaldstättersees. Man war hier eingebettet in die wilde und zugleich liebliche Landschaft. Walser konnte nicht anders, als dieses Panorama eine Weile lang einfach nur anerkennend zu betrachten und zu würdigen. Dann stapfte er über den Kies und überquerte den Campingplatz.

Es war inzwischen Mittag geworden. Ganz am Rande der Lichtung, etwas versteckt, standen zwei Wohnwagen, beide neu aussehend, beide mit Solarmodulen und TV-Satellitenschüsseln auf dem Dach ausgerüstet, aber nur einer wirkte bewohnt. Dampf stieg aus dem Lüftungsrohr auf und es roch nach Essen.

Walser näherte sich jenem Wagen und klopfte.

Die Türe öffnete sich und eine bekannte Stimme begrüsste ihn: »Schön, dass Sie vorbeischauen«, sagte der Mann im Wohnwagen.

Walser dachte: Also doch! Lienhard lebt!

»Bitte geben Sie mir Ihr Handy«, fuhr Lienhard fort. Er wirkte stoisch, aber betrachtete ihn mit einem wachsamen Blick. Neuerdings trug er einen Bart. Auf seiner Stirn und seiner linken Wange waren Narben zu sehen und er schien ein wenig zu hinken.

Als Walser zögerte, wurde Lienhard energisch: »Jetzt! Ihr Handy bitte!« Walser gab es ihm zusammen mit der SIM-Karte. Lienhard nahm beides an sich und legte alles in eine kleine Schatulle, die er im Wohnwagen verstaute.

Aus der Wohnwagenküche strömte ein angenehmer Duft von Essen.

»Kommen Sie rein, die Suppe ist fertig.« Lienhard wirkte wieder entspannt und liess Walser eintreten.

Tatsächlich war Walser nach dem Marsch recht hungrig und folgte Lienhard ins Wageninnere. Dort war es angehehm warm und die Fenster waren leicht beschlagen. Ein Fernseher stand in der Ecke und lief ohne Ton: BBC-News.

Lienhard schnitt eine dicke Scheibe von einem Bauernbrot ab und reichte sie Walser.

»Setzen Sie sich, machen Sie es sich gemütlich. Wir haben nachher viel zu bereden.«

Kapitel Fünf

»WESHALB BIN ICH HIER?« FRAGTE WALSER UND nahm einen Schluck Kaffee.

»Ich brauche Ihre Hilfe«, sagte Lienhard.

»Sie wissen, dass ich Ihre Organisation nicht unterstütze.« Noch immer wunderte sich Walser, dass ausgerechnet er von Lienhard hierher gebeten worden war.

»Wir haben ähnliche Interessen«, sagte Lienhard.

»Da bin ich mir nicht sicher«, sagte Walser und rührte mit dem Löffel im Kaffee.

»Ich werde Ihnen alles exklusiv erzählen, dann können Sie selbst urteilen.«

Walser blickte Lienhard nur an und schwieg. Das Ganze war seltsam. Lienhard musste nun liefern, denn schliesslich war die Konstellation diesmal umgekehrt. Diesmal wollte Lienhard etwas von ihm.

»Wussen Sie, dass die meisten Flacherdler mehr über Astronomie wissen als die meisten Kugelerdler?« fragte Lienhard.

»Über die flache Erde?« fragte Walser zurück.

»Nein, im Allgemeinen, ich meine die Grösse der

Erde, Grösse der Sonne, Abstände zueinander, Details zur Mondlandung, Galaxien, Geschwindigkeit der Himmelskörper – eben alle Informationen, welche man in der Schule lernt und welche in Astronomiebüchern zu lesen sind. Das, was die Kugelerdler schon lange wieder vergessen haben nach der obligatorischen Schulzeit.«

»Aber die Flacherdler wissen das nur, um die Kugelerdler vermeintlich zu widerlegen«, sagte Walser. Er hatte wenig Lust auf das gleiche Spiel wie beim ersten Interview mit Lienhard.

»Denken Sie über die Mondlandung, was Sie wollen. Aber sehen Sie selbst.« Lienhard legte eine Klarsichtmappe mit Zeitungsartikeln und Bildern auf den Tisch, kramte dann ein Bild hervor.

»Das hier ist der Planet Saturn. Einverstanden?« Er tippte auf das Bild.

Walser versuchte, etwas Suspektes an dem Bild zu erkennen, aber da war nichts. Er sagte: »Ja, einverstanden. Das Bild kennt man, wurde von Voyager 1 gemacht in den 1980er-Jahren.«

»Aber was ist mit den Farben auf diesem Bild? Diese farbenfrohen Ringe, dieses Blau, Gelb und Rot der Kugel? Sieht Saturn so aus?« fragte Lienhard und tippte mehrmals energisch auf das Bild.

»Worauf wollen Sie hinaus?« fragte Walser.

»Ob Voyager damals tatsächlich an Saturn vorbeigeflogen ist, kann ich Ihnen nicht sagen. Aber was ich Ihnen sagen kann, ist, dass diese Farben nicht echt sind. Selbst die NASA bezeichnet das Bild als Falschfarbenfoto«, sagte Lienhard.

Dann blätterte Lienhard wiederum in der Mappe und suchte ein Bild heraus, das er auf den Tisch legte. Derselbe Planet, diesmal in einer anderen Farbe. »Das hier ist der echte Saturn. In echter Farbe, so, wie man ihn sieht, wenn man durchs Fernglas schaut oder wenn man an ihm vorbeifliegen würde. Ganz in Ocker.«

»Das beweist aber nicht, dass die NASA lügt oder dass die Erde flach ist.«

»Nein, aber es zeigt, dass dieses andere Bild eine Täuschung ist und nicht den Tatsachen entspricht.« Lienhard wedelte mit dem Falschfarben-Bild vor Walsers Nase.

»Was heisst hier Tatsachen? Die Falschfarben sind ebenfalls Tatsachen. Damit finden die Forscher verborgene Informationen: chemische Elemente, Wärme, Strahlung oder andere wichtige Aspekte.«

»Ja, aber es geht um die falschen Bilder in den Köpfen der Leute«, sagte Lienhard eindringlich.

»Aber die Erde als Scheibe ist ebenfalls ein falsches Bild", sagte Walser und fragte sich, was er hier machte. Vor einem Jahr wäre diese Diskussion noch interessant gewesen, doch nun war Lienhard quasi eine Persona non grata. Er war untergetaucht und niemand fragte mehr nach ihm. Warum gab er sich überhaupt mit Lienhard ab? Er fragte sich, ob er nicht einfach aufstehen und gehen sollte.

»Dann sehen Sie sich einmal die Kugelbilder an, die sind alle Fake. Viele wurden aus Tausenden Aufnahmen zusammengestückelt«, sagte Lienhard.

»Ein zusammengesetztes Bild ist noch lange nicht irreführend«, sagte Walser. Er würde Lienhard jetzt noch genau jene fünf Minuten zugestehen, die ihm damals Lienhard gegeben hatte. Falls er danach nicht zufrieden mit dem Gespräch war, würde er den Wohnwagen verlassen.

»Oft sind die Bilder der Erde nicht mal echte Fotos, sondern Illustrationen. Ich habe die Leute auf all diese Widersprüche aufmerksam gemacht und wurde deswegen bedroht«, sagte Lienhard. Die fünf Minuten schmolzen.

»Aber auf Sie wurde kein Attentat verübt, nur, weil Sie Falschfarbenbilder kritisieren. Wer wollte Sie töten? Und warum?« frage Walser.

»Geheimdienste. Weil ich etwas herausgefunden habe, das die Welt nicht wissen darf«, sagte Lienhard.

»Und wo ist dann Ihr Beweis für die flache Erde?« fragte Walser, bereit, jetzt sofort aufzustehen und zu gehen.

Lienhard stand wortlos auf, öffnete einen der Küchenschränke unterhalb des Spültisches und bückte sich. Nachdem er diverse Kochutensilien und Putzmittel hervorgekramt hatte, griff er nach einer Box ganz hinten im Schrank und zog sie heraus. Es war ein kleiner Safe, den er auf den Esstisch hievte.

»Hier drin ist das, was Sie suchen. Für dieses Geheimnis sind viele Menschen gestorben«, sagte er.

Kapitel Sechs

NOCH VOR FÜNFZEHN JAHREN HÄTTE NIEMAND gedacht, dass ausgerechnet Lienhard jemals als oberster Flacherdler fungieren würde. Man kannte ihn damals als rationalen und erfolgreichen Juristen, einen trockenen Analytiker, der sich von niemandem etwas vormachen liess, eine Scheibenerde schon gar nicht.

Doch für den damals 30jährigen Lienhard hatte sich damals innerhalb weniger Sekunden alles geändert.

Eine kleine Unachtsamkeit.

Es geschah beim Sportklettern.

Der Sturz dauerte einen Sekundenbruchteil.

Dann war das Langzeitgedächtnis kaputt.

Eine Woche später hätte er als Partner in einer renommierten Kanzlei zu arbeiten begonnen. Doch nun verstand er keine Gesetze und Paragraphen mehr, weil er vergessen hatte, was Buchstaben und Wörter waren.

Und schlimmer noch:

Lienhard verstand die Welt nicht mehr.

Alles erschien ihm seltsam.

Das einzig Gute an der Situation war, dass er sehr klug war. Er würde alles wieder zügig erlernen können, dessen waren sich alle sicher. Zudem war auch nicht ausgeschlossen, dass irgendwann sein Langzeitgedächtnis wieder funktionieren würde.

Nun aber war Sprache ohne Bedeutung für ihn. Nur sein scharfer Verstand würde ihm helfen können, sich durch die hermetisch gewordene Welt zu kämpfen.

Stundenlang sah er fern oder aber er sass draussen im Park auf einer Bank und hörte den Menschen zu, um etwas von ihren Worten zu erhaschen und die Bedeutung dahinter zu ergründen.

Zuhause zappte er wahllos durch die Fernsehsender.

Doch alles, jedes dort gezeigte Bild, alles, was er dort sah, war seltsam für ihn, jede Kleinigkeit musste er aus der Fülle herauslösen und eingehend betrachten. Schritt für Schritt musste er die Welt für sich von Neuem entwirrren.

Die Fortschritte blieben in den folgenden Monaten nicht aus und langsam tastete er sich wieder an das Allgemeinwissen heran.

So liess sich Lienhard eine Schnellbleiche durch BBC, Discovery Channel und das Schulfernsehen angedeihen und zappte sich durch alle Programme, las sich durch den Brockhaus und andere Enzyklopädien, Almanache und astronomische Jahrbücher, holte vom Dachboden seine spröde gewordenen Bücher. Ganze Nachmittage lang stöberte er in alten, von der Estrich-Feuchtigkeit gewellten *Readers Digest*-und *National Geographic*-Magazinen und erfuhr dadurch von einst Hochbrisantem.

Die Erfindung der Polaroid-Kamera –

Der Sputnik-Flug –

Der Erste und Zweite Weltkrieg –

Die Mondlandung –

Aus den Bibliotheken lieh er sich Dutzende Videos mit Naturfilmen, sah sich stundenlang Tierdokumentationen und Reiseberichte an. So lernte er das Leben der Gorillas kennen sowie den Gorilla an und für sich und hörte nochmals erstmals von den vier Jahreszeiten und Kontinenten, vom Eiffelturm, überhaupt von einem Land namens Frankreich, von Autos und Flugzeugen und auch von den Reisen des Kolumbus und Magellan, hörte von Kopernikus und Einstein, er las Bücher wie *Die Sumpfpflanzen im Tösstal* und *Unser Sonnensystem*, lernte Max Frisch und Goethe kennen, die Evolutionstheorie, auch das Mittelmeer, den Unterschied zwischen Arktis und Antarktis, büffelte wie ein Verrückter die Tiergattungen, übte Algebra und die vier Fälle, erlernte den Aufbau der Blüte, die Geschichte der Schweiz, erfuhr von den Sauriern, Vögeln, Krokodilen, Giraffen, Pfahlbauern, Römern, Griechen und so weiter.

Es erstaunte ihn zu erfahren, dass alles einmal mit Aminosäuren begonnen hatte und dass vor vielleicht einer Milliarde Jahre lediglich Einzeller und Mehrzeller namens Chlamydomonas, Gonium, Eudorina und Volvox auf der Erde herumlungerten, wo doch heute die Viren und Bakterien, einige der dienstältesten Existenzen der Welt, augenscheinlich eher ein Schattendasein führten, während wir unseren wichtigen Geschäften nachgingen.

Als er erstmals einen Säugling sah, glaubte er zunächst, eine neue Kategorie von Lebewesen kennenzulernen, denn den Prozess des Alterns und Sterbens hatte er auch vergessen und fand ihn anfangs sehr wunderlich und, um ehrlich zu sein, verstörend und absurd, eigentlich fehlgeleitet, wie auch andere Konzepte der Natur.

Nur eine Möglichkeit von vielen.

Im Übrigen aber fand er das Konzept Erde beziehungsweise Weltall befremdlich.

Die Menschheit sass auf einem Felsbrocken fest wie eine Horde von Ameisen auf einem Stück Holz im Ozean.

Anderes nahm er erstaunlich gelassen hin.

(Ja, die Erde würde dereinst ein brutzelndes Marshmallow im Sonnenfeuer sein, aber erst in mehreren Milliarden Jahren, was zumindest ihn und seine Zeitgenossen somit nicht weiter kratzen würde, denn zum Glück gab es ja diesen scheusslichen Umstand für alle Lebewesen, diesen Tod.)

An einem Montag Mittag ass er zum ersten Mal im Leben einen Apfel. Überhaupt tat er alles zum allererstenmal, hörte erstmals von allem, sah es zum ersten Mal. Er fand seinen eigenen Schatten seltsam, ebenso allerlei Geräusche wie das Rascheln von Kekspackungen oder das Knattern von Motorrädern, das Glucksen von Wasser beim Einfüllen in eine Kanne.

Einmal, als er an der Limmat sass, im Park beim Landesmuseum, mussten ihn zwei kleine Knaben beruhigen, weil mit grossem Getöse ein Gewitter über Zürich losbrach und er nichts mehr von Gewittern gewusst hatte.

Er lernte:
Giraffen haben lange Hälse.
Elefanten sind grau, mit langem Rüssel.
Zebras haben Streifen.
Chamäleons wechseln ihre Farbe.
Elstern stehlen glitzernde Objekte.

Sonnenblumen drehen sich nach dem Licht.

Nach einigen Monaten entsprach sein Wissensstand wieder ungefähr jenem des Mannes von der Strasse und er konnte sogar wieder selbst Auto fahren.

Doch Lienhard hatte ein Problem.

Kapitel Sieben

Lienhard kam mit dieser neuen Welt einfach nicht klar.

Geduldig hatte er sich in den vergangenenen Monaten diese vielen Geschichten angehört, welche ihm die Leute und sein Lexikon aufgetischt hatten. Er wusste, was Bananen waren oder der Regenwald und dass es andere Länder gab, überhaupt, dass es einen Globus gab und dieser unterteilt war in die verschiedenen Kontinente und Meere.

Doch noch immer kannte er seit seinem Unfall das Meiste nur vom Hörensagen oder aus dem Fernsehen oder von Bildern, und es kam ihm vieles davon absurd vor. Letztlich waren dies alles nur Behauptungen und Bilder und wer sagte, dass diese wahr waren?

Er merkte, dass ihn sein neu erarbeitetes Wissen nicht zufriedenstellte. Er kannte den Brockhaus beinahe auswendig, wusste in Bezug auf die Definitionen genau, wovon bei den darin genannten Objekte die Rede war, er begriff auch ihre Funktionalität, wusste beispielsweise, wie die Fotosynthese genau funktioniert oder ein Verbrennungsmotor. Auch hatte er sehr viel über die Philosophie und Mathematik gelesen, doch mit seinen eigenen Augen hatte er vieles nicht gesehen.

Vieles war ihm daher noch immer fremd. Selbst simple Nahrungsmittel waren ihm jetzt, ein Jahr nach dem Unfall, teils noch immer ein Rätsel, weil er von ihnen noch nie gekostet hatte.

So hatte beispielsweise die Saison für Holunderbeeren, Quitten, Preiselbeeren und Maronen noch nicht begonnen und er wusste darüber nichts als nur die Theorie. Auch kannte er zwar aus Büchern den historischen Weg der Aprikose einst von China nach Indien, Griechenland, Italien und Amerika, wusste ebenso um Mycren, Limonen, p-Cymen, Terpinolen, α-Terpineol und andere chemische Verbindungen, welche in ihr wirkten, um ihren typischen Geschmack vorzuzeichnen, doch hatte er noch von keiner Aprikose gekostet. Er wusste auch: Der Geschmack einer Kirsche lag in Benzaldehyd begründet. Wie eine Kirsche schmeckte, das wusste er trotzdem nicht, denn er hatte noch keine probiert.

Die alten Griechen hatten für sein Wissen einen genaueren Namen. Sie bezeichneten das angelernte Wissen, das, was man wissen konnte, wenn man ein Lexikon gelesen oder die Theorie erlernt hatte, als Doxa. Doch nur Episteme gab einem die Sicherheit, etwas wirklich nachgerechnet und überprüft zu haben. Und Gnosis erlangte man nur, wenn man etwas wirklich auch physisch erfahren und mit den eigenen Augen gesehen hatte.

Was war sein Wissen wert, wenn physische Objekte, die er nicht selbst gesehen hatte, ihm fern und unglaubwürdig erschienen?

Doch wenn er auch bisher noch keine Gelegenheit

gehabt hatte, eine frische Aprikose oder Kirschen zu probieren, waren diese ja nicht aus der Welt. Es wäre einfach für ihn gewesen, diese Früchte irgendwie doch noch ausserhalb ihrer Saison aufzutreiben, falls er das wirklich unbedingt wollte. Und gewiss würde er auch reisen können und dann die verschiedenen Länder sehen oder Tiere, die ihm seltsam vorkamen (Känguru). Dies beruhigte ihn. Denn natürlich würde er einiges mit der Zeit selbst antreffen und sich dann von der Existenz dieser Dinge überzeugen können.

Seine Ungläubigkeit war umfassender.

Die ganze Welt betreffend.

Wider besseren Wissens konnte er einfach nicht glauben, dass diese Dinge und Wesen da draussen wirklich existierten: Elefanten, Galaxien, Tropfsteinhöhlen.

Alle Objekte, von denen er nach seiner Amnesie zum zweiten Mal erfahren hatte, waren für ihn nur Legenden, denn er kannte fast alles nur aus Büchern oder vom Fernsehen. Diese Zweidimensionalität beschränkte ihn und er hasste, dass er vieles wieder wusste, aber es trotzdem nicht wirklich kannte.

Irgendwann begann er damit, Dinge, die ihm bemerkenswert vorkamen, in einem Büchlein zu notieren. Darin stand beispielsweise:

Wir bräunen unsere Haut an einem Stern.

Grasende Kühe: wunderliche Lebewesen, die sich Nahrung auf die ihnen gewohnte Art zuführen.

Wir sind alle wandelnde Schiff-des-Theseus-Paradoxa

Das abendliche Sonnenlicht fällt auf ein Hochhaus, Behausung der momentan vorherrschenden Spezies.

Doch bald hatte er damit wieder aufgehört, denn letztlich erschien ihm eigentlich so ziemlich alles seltsam. Wir liessen Insekten ein klebriges Süssungsmittel aus Blütenpollen für uns herstellen und brieten das Fleisch fülliger Grasfresser nach optimierten Garstufen, kultivierten Getreide und schufen artifizielle Intelligenz, wir bauten mit geleasten Autos Unfälle, ergründeten die Quantenmechanik und sassen betrunken in einer Bar.

Wir waren schon eine verflixt clevere Spezies, das war gut zu wissen, dennoch auch komisch irgendwie, Teil davon zu sein.

Beim Einkauf im Shoppingcenter betrachtete er die Mütter, wie sie ihre Jungen in ihren Kinderwagen vor sich herschoben und tätschelten. Brutpflege. Wir waren kluge Affen, aber es war irgendwie ok. Ja, wir waren Dampfwalzen, die frischfröhlich die pflanzlichen und tierischen Spezies ausrotteten und Kinder neben vergrabenem Chemiemüll spielen liessen, doch irgendwie war er dankbar für dieses Leben.

Selbst, wenn er in den Spiegel blickte, fand er es seltsam, wie wir alle aussahen, wir mit unseren zwei Augen, schillernden Murmeln, dem komischen kleinen Haarkranz darüber, diesen Brauen, der Nase mit den zwei Löchern, dem Mund, einer seltsamen Öffnung mit Kauwerkzeug, in welche Essen eingeführt wurde und welche mahlende Bewegungen machte oder Laute ausstiess oder geschminkt wurde. Dann auch unser fehlender Pelz im Vergleich zu anderen Säugetieren, es war komisch.

An all dies hatte er sich mittlerweile wieder gewöhnt, allerdings nicht nachhaltig, denn von Zeit zu Zeit überkam ihn wieder ein Befremden darüber, über das er mit niemandem sprechen wollte.

Immerhin konnte er sich selbst in aller Ruhe

betrachten und sich immer wieder sagen: So ist es nun mal, so sind wir nun mal.

Vielleicht musste er sich mit der Merkwürdigkeit der Welt einfach abfinden und wieder zur Normalität übergehen.

Doch vieles entzog sich Lienhards Betrachtung auch oder war zumindest schwer zu finden. Beispielsweise kürzlich hatte er zwar einen Regenbogen über Zürich gesehen und er bewunderte die Schönheit dieses Prismas so sehr, hoffte bei jedem Regen, wieder einen Regenbogen zu sehen, doch war dieser nicht die Vollendung. Denn einen Mondregenbogen, einen Feuer-, Tau- oder sogar einen Nebelbogen würde er vermutlich nie selbst zu Gesicht bekommen, wohl auch keinen Interferenzbogen oder einen roten Regenbogen, der wie ein Morgen- oder Abendrot funktionierte. Auch die Sichtung eines Doppel-Regenbogens im Allgemeinen und eines Zwillings-Regenbogens oder Spiegelbogens im Besonderen war knifflig, und fast unmöglich war die Sichtung eines weissen Regenbogens. Und Lienhard hatte gelesen, dass man nur mit viel Glück von einem Hubschrauber oder Berg aus einen 360-Grad-Regenbogen würde sehen können. Für solche besonderen, seltenen Ereignisse bedurfte es vieler Faktoren, sodass er sich den Versuch sparen konnte, weil er sich dies zur alleinigen Lebensaufgabe hätte machen müssen.

Ein Experte würde er zudem auf keinem Gebiet werden, denn egal, in welche Richtung sich sein Interesse entwickeln würde, wäre sein Unterfangen automatisch zum Scheitern verurteilt. Mit bestimmten Themen brauchte er zudem erst gar nicht anzufangen. Alles war ohnehin nur Hohn angesichts der Grundgesamtheit der Möglichkeiten, zu mächtig für einen Menschen allein.

Gewiss, in den vergangenen Monaten war er ohne jegliche Anstrengung mit vielen Gattungsvertretern und ihren Ableitungen und Variationen, einigen tausend Objekten des gängigen Lebens, direkt in Kontakt gekommen, ganz automatisch, ganz natürlich im Rahmen seines wiedergefundenen Alltages

Stadt

Haus

Strasse

Ampel

Computer

Regen

Metall

Honig

Hauskatze

Hund

Bahnhof

Markise

Schokolade

Farben

Gerüche

Erdnuss

Strassenbahn

Schuh

Supermarkt

Auto

etc.

Doch vieles, dem man eben nicht täglich oder nur selten, saisonal oder nur woanders begegnete, fehlte ihm nachwievor in der Sammlung:

Schnee

Kakaobohne

Wildkatze

Vulkan

Hagel

Zwilling

Wald

Sternschnuppe

Meer

etc.

Er würde entweder darauf warten müssen oder aber unbewegliche Objekte proaktiv aufsuchen. Hinzu kamen die vielen Unikate, z.B. Schweizer Orte, Seen, Berge, Länder, etc.

Relativiert wurde das Ganze zudem durch die Frage, was er wirklich unbedingt sehen wollte, denn gewisse mehr oder weniger naheliegende oder ferne Objekte, im Grunde die meisten von ihnen, hatte er ja nicht einmal vor seiner Amnesie jemals »live« gesehen (z.B. Brasilianischer Regenwald, Zuckerrüben, etc.).

Welcher Mensch hätte zudem von sich behaupten können, die meisten Objekte der Erde selbst gesehen und erlebt zu haben und nicht mittels Bilder oder Überlieferungen?

Neben der schieren Fülle an Dingen dieser Welt war noch etwas anderes, das ihn ärgerte.

Er hatte sich fast damit abgefunden, dass er aufgrund der Menge nur einen Teil aller möglichen Objekte der Welt aufsuchen und mit seinen eigenen Augen würde sehen können. Was ihn aber noch viel mehr störte, waren all jene Objekte, bei denen von Anfang an klar war, dass er sie nie zu Gesicht bekommen würde. Er wurde sehr unzufrieden und begann, eine Systematik aufzustellen von jenen Objekten, welche er mit eigenen Augen sehen konnte und jenen, die er nie selbst sehen würde, jedenfalls nicht unmittelbar.

		Tangibilität (zeitlich, räumlich) und Sichtbarkeit (live, unmittelbar)			
		(1) einfach	(2) gewisser Aufwand	(3) immenser Aufwand oder/und durch Zufall	(4) unerreichbar
	(A) Unikat	z.B. die eigene Person	z.B. Pariser Eiffelturm, seltene Natur-Phänomene	z.B. prominente Personen, weltberühmte Kunstwerke/ Originale	z.B. allg. Vergangenes & Zukünftiges, z.B. Stern Y, Pangäa
	(B) kleines Kontingent	z.B. Repertoire erlebter Gefühle	z.B. die Tiere in einem bestimmten Zoo	z.B. Regenbogen-Varianter, in naher Zukunft der Mars, Mond umrunden	z.B. weitere Planeten unseres Sonnensystems
	(C) grosses Kontingent	z.B. Personen, die man im Laufe des Lebens kennenlernt	z.B. alle Starbucks-Kaffee-Filialen weltweit	z.B. Varianten jemals hergestellter Fanta-Dosen aus jedem Land weltweit	z.B. Galaxien
	(D) immenses Kontingend	z.B. alle Lebensmittel in einem grossenFeinkost-Geschäft	z.B. alle Schweizer Apfelsorten, alle Städte der Schweiz	z.B. Früchtesorften der Welt, jede der 6'800 Schweizer Gemeinden, jeder Wanderweg der Schweiz, 76'562 km des Schweizer Strassennetzes	z.B. Sterne, Dimensionen, Planck-Grössen, mutmassliche Parallel-Universen, Abläufe undElemente auf Quanten-Ebene
Anzahl	(E) unendlich	n.a	n.a	n.a	Gesamtheit alles Seienden im absolut weitesten Sinne oder Teilmengen davon, z.B: Liste aller Zahlen einer unendlichen mathematischen Reihe (Kardinalszahlen, etc.), allfällige Multiversen, Dimensionen

Falls er sich Objekte vor Augen führen und in direkten Kontakt mit ihnen treten wollte, würde er sich ausschliesslich in den Bereichen A1 bis D3 bewegen können, doch natürlich unvollständig. All dies würde zwingend lückenhaft bleiben, das wusste er sehr genau. Denn sobald die Grundgesamtheit aller Objekte einer bestimmten Kategorie eine gewisse Grösse erreicht hatte, war automatisch klar, dass er nur einen kleinen Prozentsatz davon selbst sehen würde, obwohl die Anzahl der Objekte ja letztlich endlich war. Doch mit endlichen und dennoch unbezwingbaren Mengen endete es nicht, denn es endete nie, sondern wurde noch vielzähliger und schlechter erreichbar, bis es schliesslich bei E4 in der Unendlichkeit und Unerreichbarkeit mündete.

Gewiss, in der Zukunft würde es Verschiebungen jener Bereiche für die Menschen geben: Vielleicht würden dereinst Zeitreisen, Wurmlöcher und anderes

durch den Menschen beherrscht werden. Er würde sich
jedoch damit abfinden müssen, zum aktuellen Zeitpunkt die Objekte in diesen Bereichen nicht, niemals,
mit eigenen Augen sehen zu können. Denn nicht
einmal dem reichsten Menschen der Welt hätte der
aktuelle Stand der Wissenschaft ermöglichen können,
irgendetwas in Spalte 4 mit seinen eigenen Augen aus
der Nähe betrachten zu können.

Kapitel Acht

DIESES UNERREICHBARE BESCHÄFTIGTE IHN. ES FEHLTE die direkte Anschauung und ihn stimmten sowohl komplexe als auch ganz banale Dinge skeptisch; er zweifelte einfach an allem, das er noch nicht selbst gesehen, gespürt, erlebt und erfahren hatte und das auch künftig nicht für ihn erreichbar sein würde. Alles würde nur eine Legende bleiben, solange er es nicht selbst verifiziert hatte.

Kürzlich war er in einem Rhetorik-Buch auf den Begriff der Evidenz und des Vor-Augen-Führens *pro ommaton poiein* gestossen und dieses Konzept erschien ihm für seine aktuelle Situation sofort richtig.

Er wollte die Welt aus erster Hand erleben. Die Beschränkungen kannte er schon, doch er verspürte den Wunsch, so viel wie möglich live und mit eigenen Augen zu sehen, nichts sollte eine Legende bleiben, alles sollte aus seiner 2D-Situation befreit werden.

Wie sollte er glauben können, dass es Saturn gab und Jupiter und wie sollte er sich deren Grösse und Mächtigkeit jemals wirklich vorstellen, wenn er sie nur von Bildern her kannte und sie nie selbst würde sehen können?

Alles war so seltsam.

Vor allem, dass nur er es seltsam fand.

Doch selbst er war nur zeitweise über die Welt befremdet. Alles war für ihn eine Art Vexierbild. Er schwankte zwischen Akzeptanz und Ungläubigkeit. Und wenn er eines seiner Bücher wieder aufschlug (*Von der Raupe bis zum Schmetterling, Die Kuh und ihre 4 Mägen*), so war dies seine ganz persönliche Märchenstunde, und er blickte auf die Bilder und Erklärungen und fühlte nichts dabei ausser einer unbefriedigenden Leere.

Seine Freunde hingegen blieben stoisch.

Wie soll es denn sonst sein, hiess es. Mach keine Kapriolen. Wende dich dem Alltag zu, dann siehst du alles wieder gelassener.

Doch das konnte er nicht.

Kapitel Neun

Lienhard stand in seinem Arbeitszimmer und blickte ratlos auf die Buchrücken im Regal, las die Titel jener Bücher, welche ihn in den vergangenen Monaten so vieles gelehrt hatten.

Das grosse Buch der Gewürze, Das grosse Buch der Exoten, Obst aus den Tropen und Subtropen, Die Paarhufer, Die Baumsorten des Nordens, Das grosse Buch der Gemüse aus aller Welt, Unser Sonnensystem, Schriftzeichen und Alphabete aller Zeiten und Völker, Deskriptive Statistik, Induktive Statistik, Mondatlas, Malta in drei Tagen.

Dann nahm er das für ihn einst wichtigste Buch der Welt aus dem Regal: *Der Brockhaus in einem Band*, ein Lexikon, welches ihm nach seiner Amnesie die Welt in alphabetischer Reihenfolge wieder nähergebracht hatte und welches neben dem Fernseher sein Pfadfinder war, der ihm den Weg wies durch die Wirrnis dieser Welt. Damals hatte er den Brockhaus gelesen, Seite für Seite.

Doch nun reichte ihm dies nicht mehr.

Ihm ging es um die Suche nach dem Moment, in

dem für ihn aus einem blossen Bild etwas Wahres wurde. Und dafür würde er sich alles veranschaulichen müssen, was er nur konnte. Ein sinnvolles, ökonomisches Vorgehen war gefragt und er würde sich Regeln überlegen, welche sein Unterfangen sinnvoll eingrenzen konnten. Also beschloss er grundsätzlich, sich so viel mit eigenen Augen anzusehen, das auch ein Durchschnittsbürger im heutigen Europa in seinem Alter wohl gesehen hatte. Er blickte wieder auf den Brockhaus, hielt das schwere, dicke Buch in seinen Händen, blätterte ein wenig darin, liess dann die Seiten springen wie in einem Daumenkino, und die Begriffe von Z bis A zogen immer schneller an seinen Augen vorbei:

... Zins ... Supraleitung ... Passeier ... Konzil ...Jupiter ... Chrysantheme... Brindisi ... Akazie ...

Dann klappte er das Buch wieder zu. Der *Brockhaus in einem Band* umfasste 1019 Seiten, und es hatte ihn in den vergangenen Monaten viel Aufwand gekostet, alle theoretischen Ausführungen durchzuarbeiten. Entsprechend illusorisch erschien es ihm nun, sich auch noch jedes Objekt aus dem Brockhaus vor Augen zu führen, ausser, er würde sehr systematisch vorgehen.

Also organisierte er in einem ersten Schritt alle Begriffe im Brockhaus nach Kategorien, wobei er thematische Überlappungen in Kauf nahm und auch methodische Ungenauigkeiten.

So kam er schliesslich von allen dort genannten Themenbereichen auf 16 von ihm willkürlich gewählte Kategorien, welchen er zufällig eine Farbe zuordnete:

- 1. Gelb: Kulinarik (z.B. Marzipan)
- 2. Orange: Natur (z.B. Mastodon)
- 3. Signalrot: Masseinheit (z.B. März)
- 4. Weinrot: Philosophie (z.B. Macht)
- 5. Rosa: Technik (z.B. Maser)
- 6. Pink: Infrastruktur (z.B. Matrose)
- 7. Violett: Wirtschaft (z.B. Magellanstrasse)
- 8. Hellgrau: Rechtswesen (z.B. Massregeln)
- 9. Dunkelgrau: Sprachwissenschaft (z.B. Mandarin)
- 10. Beige: Person (z.B. Marx)
- 11. Dunkelgrün: Architektur (z.B. Mansarde)
- 12. Olivgrün: Kulturelles (z.B. Maske)
- 13. Braun: Geschichte (z.B. Machiavelli)
- 14. Hellgrün: Geografie (z.B. Marsfeld)
- 15. Dunkelblau: Astronomie (z.B. Mond)
- 16. Hellblau: Verschiedenes (z.B. Massel)

Danach ging er mit Filzstiften Seite für Seite des Buches durch und versah jeden Begriff mit der jeweiligen Farbe.

Bald sah er, dass er einige seiner willkürlich gewählten Kategorien mehr oder weniger ausschliessen konnte, denn die enthaltenen Begriffe deckten vorwiegend Objekte ab, welche nicht greifbar waren auf die eine oder andere Art. Diese hatte er zudem bereits theoretisch durchgearbeitet und insofern waren sie ohnehin bereits erledigt.

Abgesehen davon, wiesen viele dieser Themen eine komplexe Baumstruktur auf. Beispielsweise die Physik (»Natur«) unterteilte sich in verschiedene Unterthemen, so beispielsweise in die Mechanik, welche ihrerseits Statik, Dynamik und Kinetik abdeckte.

Er würde solchen Systematiken nur bedingt folgen. Jedenfalls konnte er die Kategorien »Philosophie«, »Rechtswesen«, »Geschichte«, »Sprachwissenschaft", »Person«, »Masseinheit« und »Wirtschaft« weitgehend streichen – unter dem Vorbehalt, bei Bedarf gezielt einige Begriffe herauszupicken, falls es erforderlich wurde.

Würde er beispielsweise Rom im Rahmen der »Geografie« aufsuchen, war klar, dass auch die Kategorien »Geschichte«, »Personen« und »Kultur« damit verbunden waren. Diese und andere Überschneidungen handhabe er bereitwillig und grosszügig.

Auch hatte er drei Ausschluss-Kriterien definiert:

1) Alles, was ich ohnehin innert nützlicher Frist antreffen dürfte, werde ich nicht suchen. Ich werde einfach auf den Zufall vertrauen (z.B. typische Tierarten in der Schweiz: Hauskatze, Amsel, Reiher, Rotmilan, Storch, Igel, Fuchs, Maus, Ameise, etc.)

2) Eine schier unendliche Anzahl von Varianten eines Objektes werde ich nur so lange abarbeiten, wie es mir Spass macht.

3) Keine widerwärtigen Objekte und Sachverhalte

Zudem verzichtete er auf den Anspruch, alle Variationen eines Objektes zu kennen, jedenfalls nicht in jedem Fall würde er es darauf anlegen. Ohnehin würde er möglichst pragmatisch an alles herangehen.

So hatte er jedes Objekt relativ willkürlich nur einer Kategorie zugeordnet, denn ansonsten hätte es dauernd Überschneidungen zwischen den Kategorien gegeben. Und es war klar, dass die Zuordnung der Begriffe zu den von ihm gewählten Kategorien letztlich willkürlich waren und nicht abschliessend. Mit all jenen Überlegungen hatte er seine Erledigungsliste um etwa 50 Prozent reduziert.

Dies war nun also seine Aufgabenliste, welche er, so gut es ging, systematisch abarbeiten würde.

Nicht immer klappte dies.

Manchmal musste er auch spontan sein.

Später einmal, als er mitten in der Kategorie »Geografie« tätig war und sich hierfür in Südafrika aufhielt, musste er spontan eine Blitz-Reise nach Bonn organisieren. Denn dort, im Botanischen Garten, befand sich eine Titanwurz. Diese hatte soeben zu blühen begonnen, was nur alle paar Jahre vorkam und nur wenige Tage währte.

Kapitel Zehn

In einem ersten Schritt nahm er sich der »Kulinarik« an und blickte auf seine lange Strichliste.

Den insgeheimen Wunsch, irgendwann restlos alle Früchte und Gemüse der Welt probiert zu haben, gab er relativ schnell auf, denn nicht nur existierten viele Arten, es gab auch eine riesige Sortentiefe.

20'000 Varianten von Äpfeln.

90 Kaffeetypen.

100'00 Reissorten.

400 Dessert- und Obst-Bananen-Sorten.

Von Erbsen existierten weltweit ungefähr 100 Arten und von der Minze gab es etwa 2'000 Ausführungen.

In Spitzbergen lagerte im Übrigen die grösste Saatgutbank der Welt mit 860'000 Sorten.

Er konnte also in der Kulinarik-Thematik beliebig lange verweilen und würde doch auf keinen grünen Zweig kommen.

Zum Spass und aus Neugier wollte er sich dennoch eine Weile damit befassen. Eine minimale Basis hatte er sich nebenbei bereits erarbeitet, hatte bei jedem

Einkauf schon automatisch »Feldforschung« in den Supermärkten betrieben.

Mit Standardfrüchten wie Orange, Zitrone, Banane, Kumquat, Grapefruit, Physalis, Karambole, Cherimoya, Avocado, Kokosnuss, Kochbananen, Kaki, Avocado, Kiwano, Guave, Passionsfrucht, Granatapfel, Papaya, Kaktusfeige, Guave, Pomelo, Karambole, Pitahaya und Cherimoya war er bereits durch.

Für das anspruchsvollere Portfolio kontaktierte er weltbekannte Foodscouts in verschiedenen Ländern und liess sich von ihnen Muster neuer Früchte und Gemüsesorten zusenden.

In spezialisierten Online-Shops bekam er zudem auch weniger Bekanntes wie die Indianerbanane, welche äusserlich an eine zartgrüne Mango erinnerte und den Geschmack von Mango, Aprikose, Ananas und Vanille in sich vereinte.

Auch Lime Finger erhielt er dort, eine kleine Zitrus-Sorte aus Australien, geformt wie eine zu lang geratene, pinke Kumquat, welche kleine, saure Kügelchen beinhaltete, die man auf geräucherten Lachs träufeln konnte.

Auf seinen späteren Reisen besuchte er zudem viele lokale Märkte und kostete von allen möglichen exotischen Sorten: Jackfrucht, Pandanus, Tomatilla, Akebia, Salak, Buriti-Frucht, Horngurke, Monkfruit, Curuba, Nashi, Kapstachelbeere, Loquat, Java-Apfel, Nashi, Rambutan, Tomatillo, Tamarillo und viel Namenloses.

Er probierte Abertausende von Früchte- und Gemüsesorten aus der ganzen Welt und trotz all seiner guten Vorsätze zelebrierte er die Vielfalt bis zum Exzess.

Ein halbes Jahr kostete es ihn, bis er nennenswerte

Errungenschaften vorzuweisen hatte. Doch mehr und mehr begannen ihn nun doch auch die Versionen einer einzigen Gattung ebenfalls zu reizen. Er versuchte sich an den 3'000 Sorten der Kartoffel, später kaufte er sich an lokalen Frucht-Märkten alle möglichen Äpfel zusammen.

Ananas Reinette

Basler Winterapfel

Bänziger

Blauacher Wädenswil

Chüsenrainer

Dülmener Herbstrosenapfel

Gelber Richard

Winterapfel

Süchtig nach der Vielfalt machte Lienhard immer weiter, ass sich durch die Tomatensorten, schwarze, rosarote, gelbe, violette, grüne, grosse, kleine, süsse, würzige, und prägte sich deren Geschmack ein, probierte auch Tausende von Chilisorten aus.

Nachdem er so viele Nahrungsmittel und Nahrungspflanzen durchexerziert hatte, musste er sich irgendwann eingestehen, dass er nun vom vorgedachten Pfad des Brockhaus abgewichen war.

Er musste sich wieder auf seine Zielsetzung besinnen. Sein Fazit: Innerhalb eines halben Jahres hatte er nur gerade von drei Objekten (Chili, Tomaten und Kartoffeln) die Variationen – oder wenigstens einen Grossteil davon – ausprobiert und dokumentiert. Doch schon der Apfel hatte ihn erwartungsgemäss überfordert und er hatte bisher nicht einmal die Hälfte der Variationen probiert.

Er würde nun wieder versuchen, auf dem selbst

definierten Brockhaus-Pfad weiterzugehen und nicht zu sehr abzudriften. Für alle weiteren Sorten würden künftig zufällige Stichproben genügen müssen.

In den folgenden Monaten widmete er sich neuen Unterthehmen der Kulinarik und befasste sich mit den verschiedensten Delikatessen vom schwarzem Knoblauch über Manna bis hin zu den verschiedenen Sorten von Honig, Salz und Senf.

Auf alles hatte er Lust, auch auf Zitronenthymiantee. Der würde ihm vielleicht nicht schmecken, wie ihm auch der Chrysanthemensaft nicht geschmeckt hatte, den er in einem Asiashop entdeckt hatte, doch er wusste, er würde beides lieben wie Tomaten und Chili, denn er musste, er wollte sich durch die verschiedenen Variationen pflügen, die Vielfalt spüren, alle Permutationen des Aromas; die Lust, fast alles einmal probiert zu haben, aus eigener Erfahrung zu wissen, wie brauner Caramel-Käse aus Norwegen schmeckte, wie sich Süsskraft am obersten Ende der Skala auf dem Gaumen anfühlte oder was es bedeutete, eine Chili zu kosten, welche 200mal stärker war als Tabasco, die ätzende Lava beinahe puren Capsaicins auf der Zunge.

Doch eines Tages gab er seine aktive Beschäftigung mit der Kategorie »Kulinarik« definitiv auf, denn sonst hätte er sein ganzes Leben in den Dienst allein dieser Thematik stellen müssen. Er würde diesem Kaninchenbau der Kulinarik nicht weiter folgen, denn er war zwar verrückt, aber nicht völlig verblödet.

Doch ihn hatte nun eine Sehnsucht nach der ganzen Welt ergriffen, nach jedem Detail. Der Wunsch, alles zu kennen, alles auszuprobieren, alle Gerüche und Geschmäcke dieser Erde, nahm Besitz von ihm.

Er wollte alles, war das zu viel?

Die Sehnsucht, jede Frucht, jede Pflanze, jedes

Tier, aber auch jedes Land, jedes Dorf, jedes Fleckchen
Erde zu kennen, auch jede Höhle, jeden Zentimeter im
Meer, auch jeden Moment, die Zeit von A bis Z zu
kennen.

Er wollte nicht weniger als die ganze Welt.

Kapitel Elf

Nachdem er das Thema »Kulinarik«
unvollständig abgeschlossen hatte, widmete er sich der
Kategorie »Natur«.

Also fuhr er in den Zoo Zürich. Gewiss, dieser
Besuch war lächerlich im Verhältnis zu allen Tier-
Arten. Gemäss Lexikon waren derzeit so viele Arten
bekannt: 5'501 Säugetiere, 6'771 Amphibien, 9'547
Reptilien, 10'064 Vögel, 32'400 Fische, 47'000 Krebs-
tiere, 85'000 Weichtiere, 102'248 Spinnentiere, 71'000
sonstige niedere Tiere und mehr als 1'000'000 Insek-
ten-Arten. Dann noch alle unentdeckten Arten, die
schon wieder ausgestorben waren und die Meerestiere,
welche wir noch nicht kannten und vielleicht auch nie
kennenlernen würden.

Die UNO schätzte, dass 50 Tier- und Pflanzenarten
ausstarben – pro Tag! Viele davon, ohne je von uns
entdeckt worden zu sein. Aber dennoch sah er an
einem einzigen Tag allein schon in diesem einzigen
Zoo fast 400 Tierarten auf einmal. Damit hatte er wohl
einen Grossteil aller Tiere abgedeckt, die ein Durch-
schnittsmensch je in seinem Leben zu Gesicht bekam,

obschon natürlich in jedem Land die Zoos wieder anders konfiguriert und mit anderen Tieren bestückt waren.

Im Zoo beobachtete er einen Tapir und dachte bei sich: welch seltsames Wesen! Anschliessend ging er zum Giraffengehege und wunderte sich über die Zoobesucher, welche diese Wesen sehr gelassen betrachteten. Dann aber tat er es den Kinden im Zoo gleich und kaufte sich ein Vanilleglacé. Derweil er es ass, ging er vorbei an den verschiedenen Tiergehegen und dachte: Es ist so, wie es ist, warum auch nicht?

Dann kamen die nächsten Rubriken an die Reihe. Alles Schritt für Schritt und mit den gegebenen Restriktionen und Regeln.

Erde, du geliebter Pfau, schlage immerfort dein Rad.

Kapitel Zwölf

Wahrlich, die Kategorie »Natur« im Rahmen
seiner Brockhaus-Aktivitäten war ein riesiges Thema
und er rackerte sich viele Monate damit ab, doch
irgendwann hatte er genug gesehen. Wiederum nur
einen lächerlichen Teil, aber genug, um zufrieden zu
sein.

Doch immer mehr Zweifel kamen ihm, ob er auf
dem richtigen Weg war.

Er hatte nun soviel Zeit geopfert, um die Welt von
Neuem kennenzulernen. Zwar war er smart gewesen,
hatte sich im Rahmen der Kategorie »Wirtschaft« den
Börsenhandel beigebracht und ein Vermögen mit Wert-
papier-Handel verdient, später auch mit Kryptowährungen, aber das zählte nicht.

Seine Reputation war im Eimer, seine Karriere
beendet, noch bevor sie richtig begonnen hatte. Viele
Freunde hatten sich von ihm abgewandt, weil er nicht
auf ihren Rat gehört hatte und nicht der Normalität
gefolgt war.

Wenn der Winter kommt nach einem ereignisrei-
chen Jahr und du am Anfang der Reise stehst, wenn du

weisst, etwas Neues wird kommen, muss, denn noch weisst du nicht, was es sein wird, dann ist es chic, versonnen durch die Strassen zu spazieren, durch den Nebel deiner Auszeit.

Siehst Buben, wie sie Schneebälle an die Tramfenster werfen.

Ihr Lachen in der zeitlosen Zeit: ansteckend.

Eine Vorfreude auf künftige Heldentaten.

Doch einen Frühling, Sommer, Herbst und Winter später, wenn schon wieder der Schnee durch eine weisse Himmelswand fällt, schon wieder, und du nach einem weiteren Jahr durch die Gegend streunst, schon wieder, immer noch, noch immer ohne offizielle Anstellung, aber mit einem Projekt im Kopf, an das du glaubst und niemand sonst, weil du niemandem davon erzählt hast und es ohnehin niemand akzeptieren würde, wenn dein Sabbatical-Zeitkontingent längst aufgebraucht ist, auf Reserve läuft, alle Goodwill-Konti deiner geduldigen Beobachter, deiner Freunde, deiner Familie so sehr überzogen sind, dass bereits niemand mehr über deine Abwesenheit vom Alltag der Aufrechten spricht oder sich nach deinen Errungenschaften des Tages erkundigt, dann spätestens fragst du nach der Bilanz, die du ziehen musst, dem Fazit aus diesen vertagten Tagen ohne die sichtbare Rührigkeit der Tüchtigen. Siehst, als du im neuen Winter mit der Strassenbahn zurückfährst: wieder Schneebälle, vielleicht dieselben Buben oder andere, wieder ihr Lachen.

Ein nie alterndes Lachen, den Generationen entrückt, das dir deine Jugend aus dem Leib saugen kann, wenn du nur lange genug im Stillstand verharrst.

Nachwievor war er überzeugt von seiner geheimen Agenda und glaubte daran, dass seine Zielsetzung letztlich zu etwas Nutze sein konnte und er sich mit seinem Verhalten der Welt nicht etwa als Taugenichts andiente, sondern eine Nische besetzte, welche von jemandem besetzt werden musste, denn jemand musste es ja machen, jemand musste jener Mensch sein, der als Erwachsener diesen seltsamen Weg ging und mit einem geleerten, aber zugleich gelehrigen Blick die Welt zum ersten Mal betrachtete.

Mittlerweile war er bei der »Geografie« angelangt. Daran liessen sich auch andere Kategorien erstaunlich gut festmachen, da gleichermassen Personen, architektonische Meisterwerke und Kulturelles oft das Produkt ihrer geografischen Natur waren.

Er fragte sich, ob er das Ganze irgendwie abkürzen konnte und es vielleicht einen Trick gab, um nicht buchstäblich jedes Land und jedes Wahrzeichen aufsuchen zu müssen. Bilder, Videos oder Google Street View würden allerdings nicht reichen, denn diese hatte er ja zuvor für Doxa zur Genüge verwendet. Er wusste, er konnte nur dann glauben, dass »Paris«, »Tokio«, »Rom«, »New York« nicht nur auf Bildern existierten, sondern reale, begehbare Orte waren, wenn er diese Orte wirklich auch mit seinen eigenen Augen gesehen hatte. Er würde diese Orte aus ihrer Zweidimensionalität befreien.

Vielleicht würde es ja reichen, wenn er einfach nur ein einziges ikonisches Wahrzeichen aufsuchen würde, sozusagen stellvertretend für alle Wahrzeichen, für alle Orte, die er nur von Bildern her kannte.

Er dachte an »Paris«.

Nachdem Lienhard seinen Beschluss gefasst hatte, nahm er umgehend den nächsten Zug.

Zunächst hatte er bei sich gedacht: Bevor ich den Eiffelturm nicht gesehen habe, werde ich auch nicht glauben können, in Paris zu sein. Erst dann bin ich in dieser Stadt angekommen, wirklich angekommen.

Als er dann jedoch tatsächlich den Eiffelturm sah, hinter dem Dach eines Gebäudes, erinnerte ihn dieser Anblick an nichts Majestätisches, sondern vielmehr an den Mast einer Überland-Stromleitung.

Das Paris aus Büchern war nicht das Paris, das er nun antraf.

Er war enttäuscht.

Mit dem Reisen verhielt es sich offenbar nicht so einfach wie mit den bisherigen Kategorien des Brockhaus. Irgendetwas hinderte ihn daran, in Paris gedanklich angekommen zu sein.

Dennoch näherte er sich dem Metallkonstrukt, setzte sich auf eine Parkbank davor und dachte, als er die Grösse erkannte, die Kunst des Bauwerks: welch eine wunderbar verschwenderische Konstruktion.

Und obwohl er noch immer nicht wusste, ob er den Eiffelturm nun schön oder hässlich fand, merkte er in diesem Moment, dass er einer Erkenntnis auf der Spur war und er mit dem Reisen nicht aufhören würde, bis er die Mechanik des Reisens begriffen hatte. Er würde ergründen müssen, wie lange es dauerte, bis er sich an einem Ort als dort angekommen wähnte und ihn aus seiner Zweidimensionalität befreite, anstatt sich nur als Zaungast dort zu fühlen.

Er wollte ins Bild hineinsteigen, Teil des Ortes werden, nicht nur Betrachter sein.

Kapitel Dreizehn

Nach seinem ambivalenten Besuch des Eiffelturmes nahm er sich vor, einen Ort aufzusuchen, der zwar insgesamt kleiner als Paris war, aber dafür ohne ein einzelnes Wahrzeichen, welches die gesamte Aufmerksamkeit der Touristen abgriff.

Er wollte eine Stadt, die eher als Gesamtkunstwerk angesehen wurde und nicht als Heimat einer einzigen Landmarke oder eines starken Brennpunktes der touristischen Sehnsüchte, sondern vielmehr einen Ort als Konglomerat vieler kleiner Elemente, die zusammen ein Ganzes ergaben.

Er ging ins nächste Reisebüro und buchte drei Nächte Venedig.

Für viel Geld nahm er sich ein Zimmer in einem völlig versnobten Hotel direkt am Canale Grande. Drei volle Tage würden sattsam genügen für seine Mission. Im Durchschnitt blieben Touristen nur zwei Tage in Venedig.

Den Pfählen entlang fuhr Lienhards Touristenboot zur Insel Burano, der Insel mit den farbigen Fischerhäuschen und den süssen Teigkringeln. Nahtlos ging das Himmelsgrau ins Grau des Meeres über.

Am Rialto-Markt schälte ein Mann Artischocken im Akkord, warf die fertig gerüsteten Teile in einen Kessel mit Wasser.

In den Seitengassen Venedigs trocknete die Wäsche in der Sonne, ein Baldachin aus Kleidern wie eine Kunstinstallation.

Hübsch hoben sich die knallroten Hydranten von den Vintage-Mauern ab und selbst die Müllabfuhr mit den Abfallsäcken in den Schubkarren war sehenswert. Lienhard fand es beinahe schon lästig, wie fotogen alles sich präsentierte und ihn vereinnahmte. Und war etwas doch so hässlich, dass dies auch der grösste Venedig-Fan nicht hätte abstreiten können, dann blieb das Schöne oft nicht fern, sodass sich aus den beiden Extremen wiederum ein vorteilhafter Kontrast ergab und das Hässliche dem Schönen auch nur wieder schmeichelte.

Venedig war eine Zumutung in allem. Denn selbst, wenn Lienhard alle Strassen Venedigs gekannt hätte, alle Kanäle, alle Bauwerke, würde Venedig dennoch überall und nirgendwo sein.

Die vielen Aspekte Venedigs strengten ihn an und Lienhard wurde nicht fertig, Venedig abzuarbeiten, denn sonst hätte er alles wie Google Streetview abfotografieren oder filmen müssen.

Alles war eine Zumutung angesichts der vielen Möglichkeiten.

Lienhard verkam zum Sisyphos.

Handkehrum: Die Dinge wiederholten sich allmählich. Automatisch hatte er bereits am ersten Tag damit begonnen, zu kategorisieren, verkürzen: Brücken, Kanäle, Gassen, Häuser, Innenhöfe, Restaurants. Er

achtete auf die Unterschiede (Aussehen der Brunnen-
köpfe, Länge, Breite und Form der Gasse, Brückenge-
länder), Besonderheiten (Die höchste Hausnummer:
Nr. 6828).

Nachdem er als Tourist scheinbar alles weitgehend
abgegrast hatte gemäss Reiseführer, lautete sein
nächstes Ziel: schauen, welchen Restnutzen man dem
Ort noch abgewinnen mochte, im Notfall in Form eines
Besuches in der nächsten Gelateria. Allerdings stellte
Lienhard fest, dass diese neue Art der Langeweile bei
ihm nicht etwa auf das Wohlgefühl gefolgt war, alles
Nötige gesehen zu haben. Im Gegenteil. Nichts war
erledigt. Er hatte viele Sehenswürdigkeiten abgehakt,
dennoch schien ihm, dass es sich hierbei nicht um das
Wesentliche handelte. Der gewünschte Effekt stellte
sich bei ihm jedenfalls nicht ein.

Beim Gang zum Bahnhof blickte er von der Brücke
aus ein letztes Mal auf den Canale Grande und die
Vaporetti im Morgenlicht und mit einem Mal fielen
ihm alljene Aktivitäten ein, welche er ganz vergessen
hatte zu machen: Frühmorgens mit dem allerersten
Vaporetto der Linie 1 den gesamten Kanal abfahren,
Tramezzini und *Baccalà Mantecato* essen, die Insel
Torcello besuchen, auf dem 12 km langen Sandstrand
der Lido-Insel spazieren. Und doch hätte er sich bereits
vor seinen Freunden rühmen können, Venedig besucht
zu haben und niemand hätte ihm dies absprechen
können, nur er selbst.

Spontan beschloss er, Venedig nicht zu verlassen.
Er würde so lange in Venedig bleiben, bis er gefunden
hatte, was er suchte. Von einem Kellner im Bahnhofs-
café liess er sich daraufhin ein günstiges Hotel
empfehlen und buchte für zehn Tage.

✳ ✳ ✳

In der Lobby roch es nach billigem Vanille-Raumduft. Der Concierge, ein junger, schlaksiger Kerl, nicht älter als zwanzig Jahre, begrüsste ihn: »Willkommen in Venedig.« Lienhard checkte ein und machte sich an die Arbeit.

In den folgenden Tagen holte er all jene Aktivitäten nach, die ihm am Morgen des vermeintlichen Abschieds eingefallen waren.

Auch kaufte er sich fünf verschiedene Stadtpläne und einen Kompass. Nun würde es ihm nicht mehr passieren, dass er sich in den Gassen Venedigs verlief.

Die erste Karte zeigte alle Gebäude dreidimensional.

Die zweite Karte zeigte die Inseln nicht nur als abstrahierte Quadrate und Kreise, sondern in ihrer eigentlichen Form und auch in geografischer Relation zu Venedig selbst, zudem waren auch wieder weniger bekannte Inseln zu sehen.

Die dritte Karte zeigte die detaillierten Fähren-Routen, war aber unhandlich.

Die vierte Karte riss am ersten Tag entzwei.

Und dann: Super-Touristenkarte, wo warst du die ganze Zeit? Eine Offenbarung dank Karte Nummer Fünf. Sie zeigte nicht nur die Quartiere in verschiedenen Farben und die Quartiernahmen, sondern markierte auch die »Schnellstrassen« durch Venedig in Gelb.

Es war herrlich.

Sogleich machte er einen Test-Spaziergang.

Ganz im Norden der Insel, am Meeresufer, gelangte er zu einem erstaunlich schmucklosen Wohnquartier. Die Macher seiner ausgedienten Karte hatten sich nicht die Mühe gemacht, auch diese Ecke Venedigs aufzuzeichnen. Dumm, wenn der Stadtplan dort endete, wo man weitergehen wollte, wenn der aufgesuchte Ort nicht mehr zum verbrieften Touristen-Bereich der Stadt gehörte.

Man gelangte sozusagen ins Niemandsland.

Terra Incognita.

Stattdessen war die Region auf der alten Karte überdeckt von einem Info-Kästchen (*Ihre exklusiven Rabatte in Venedigs Restaurants*).

Seine neue Superkarte hingegen zeigte auch diesen Flecken Venedigs. Handkehrum fragte sich Lienhard, ob er für das Gesamtbild wirklich jedes Detail kennen musste. Vermutlich kannten nicht einmal die echten Venezianer jede Ecke, jede Gasse, jeden Kanal ihrer Stadt.

Er überholte eine Geschäftsfrau am Telefon: »Pronto-pronto....io ti senti, tu mi senti? ...Pronto?? ...Ah? .... Eco dimi ... pronto ... certo, ma certo...«.

Lienhard marschierte weiter.

Durch die Gitter eines massiven Tores erblickte er einen wunderschönen Garten.

Er fand es schrecklich.

Der beste Stadtplan war vergebens.

Die unsichtbare Barriere würde keine noch so gute Karte auflösen.

Die echten Venezianer waren scheue Rehe, die ihren geheimen Pfaden folgten und ihre privaten Gärten vor den Blicken der Touristen schützten. Lienhard wusste, dass die Stadt für ihn undurchlässig bleiben würde. Als Tourist würde er in Venedig immer ein Aussenseiter bleiben und lediglich durch ein potemkinsches Dorf spazieren. Man kam nur an die Oberfläche heran, die sehr weich war, aber darunter befand sich das private Venedig, der letzte Granit, welcher den Einheimischen noch blieb.

Im Café südlich des Fondamente Nuovo holten sich die Vaporetto-Captains ihre Snacks, wechselten einige Worte mit der Angestellten.

Endlich etwas Authentisches, Echtes.

* * *

Nach zehn Tagen verliess Lienhard das Hotel am Markusplatz und mietete sich am Rande des Castello-Quartiers auf unbestimmte Zeit bei einer älteren, alleinstehenden Dame ein, Signora Rigozzi, welche zu den rund verbliebenen Einheimischen Venedigs gehörte. Auf dem Festland wartete niemand auf sie und auch ins Altersheim wollte sie nicht, obschon sie bereits 95 Jahre alt war. Sie vermietete ihm ein Zimmer mit eigenem Bad und der Küche zur Mitbenutzung.

Oft kochte sie für sie beide.

Dann assen sie gemeinsam an dem kleinen Tisch, der mit einer Blümchen-Wachsdecke bedeckt war.

Sie erzählte ihm oft mit feuchten Augen vom Venedig der 1940er-Jahre, ihrer Arbeit als Garderobendame im Fenice-Theater. Manchmal lud sie ihn zu ihren Kaffeekränzchen mit ihren beiden verbliebenen Freundinnen ein, die wie sie hier in der Altstadt ausharrten.

Wohnte man erst einmal fest in Venedig, dann stellten sich schnell die üblichen praktischen Fragen des Alltages zu Steuern, Einkaufsmöglichkeiten oder verfügbaren Zahnärzten. Bald entdeckte Lienhard auch die Vorteile eines eigenen Bootes.

In der Folge besuchte er dieselben Orte Venedigs

zu unterschiedlichen Jahreszeiten, machte die Orte dadurch griffiger für sich und nahm auch einige Aushilfsjobs an, um näher an die Leute heranzukommen und auch Banalitäten zu erleben.

Zuerst arbeitete er abends in der Küche eines Restaurants in der Nähe der Rialto-Brücke.

Danach heuerte er für einen Monat auf einer Werft im Dorsoduro-Quartier an.

Eine Weile lang half er bei der Gemüseernte auf der Insel Sant'Erasmo.

Schliesslich fand er einen Job in einem Antiquitätenladen im Castello-Quartier.

Ein ganzes Jahr verging in Venedig. Er merkte jedoch, dass ihn eine Art Zwiespältigkeit stets umtrieb. Manchmal, in den Monaten März, August, September, November, empfand er ein Gefühl von Wahrhaftigkeit, genau so, wie er sich dies gewünscht hatte. In den anderen Monaten fühlte sich alles unwirklich an. Das Gefühl kam und ging, ohne erkennbares Muster.

Er lernte: Die Vergegenwärtigung ist eine Diva.

Seitdem sein Aufenthalt in Venedig zu einem zeitlosen Unterfangen geworden war, hatte er den Drang verloren, diesen Ort zu besitzen. Besichtigungen hatten keine Eile, denn er würde sich ja alles später noch ansehen können; es war ohnehin jederzeit verfügbar.

Auch die Lust, Venedig zu fotografieren, hatte er mittlerweile verloren, denn es war ja alles da, er brauchte nichts zu explizieren, alles war ja evident, evidentes Venedig. Es reichte ihm zu wissen, dass alles, alle Panoramen und Ansichten, in Venedig gut aufgehoben waren und ihren Platz hatten und er jederzeit Zugang zu ihnen hatte, er diese ganz nach Belieben aufsuchen konnte.

Alles wurde familiär durch die Greifbarkeit.

Profanität entstand

Viele öffentliche Anlässe mied er.

Die Kunst-Biennale hingegen war sehr aufschlussreich.

Sie führte alle vermeintlichen Geheimtipps, die er sich bisher erarbeitet hatte und alle Orte, welche scheinbar von Touristen unberührt blieben, ad absurdum: In jeder noch so abgelegenen Gasse irrte in den Ausstellungstagen ein Biennale-Besucher herum oder befand sich ein Kunstprojektraum. So wurden selbst die verborgensten Gassen urbar gemacht. Sogar das Castello-Quartier, das etwas Verwegenes an sich hatte durch den etwas heruntergekommenen Fussballplatz mit seinen veralteten Flutlichtern und die mit Graffitis verschmierten Gebäude, wirkte dadurch weichgespült. Ansonsten wäre Castello eine verborgene Perle geblieben, dessen war sich Lienhard sicher. Eigentlich keine Perle, vielmehr ein Ölfleck auf einem Asphaltboden, aber mit einem Regenbogen drin im richtigen Blickwinkel. Ein Ort mit Widerhaken aus Gold.

In all diesen Monaten sah er vieles, lernte viele Menschen kennen, kannte irgendwann dann doch jede Strasse und jeden Kanal und konnte ohne Übertreibung behaupten, jeden Flecken der Insel zu kennen, denn er war sehr gründlich gewesen. Doch trotz allem wusste Lienhard nicht, ob er nun wirklich den gewünschten Schlüsselmoment erlebt hatte, dann, wenn Venedig wahr wird entgegen allen vorgespurten Bildern im Kopf.

Als im Februar der Karneval begann, begnügte sich Lienhard mit einem kurzen Besuch. Dafür genoss er es, seine Freunde zu treffen, die er hier gefunden hatte. Carlo und seine Frau hatte er damals auf der Werft kennengelernt. Sie luden ihn am ersten Karnevals-

Wochenende zu sich nach Hause ein. Es gab frische zubereitete, noch warme *Riccioline*.

Mindestens zweimal pro Woche kaufte er bei Giovanni, dem Quartier-Metzger, ein. Manchmal traf er dort auch seinen Nachbarn Roberto, der immer nach einer Scheibe Wurst verlangte, die er dann sogleich seinem Malteser-Hündchen verfütterte. Zu dritt plauderten sie über das Wetter und italienische Fernsehserien, während vor dem kleinen Laden, sozusagen vor dem Wasserfall, die Touristen vorbeigingen und manchmal den Laden von aussen fotografierten.

Mindestens einmal pro Woche ging Lienhard in Albertos Taverne essen, die immer hoffnungslos überfüllt war. Der Patron begrüsste ihn jedes Mal mit seinem Vornamen und klopfe ihm freundschaftlich auf die Schultern.

* * *

An einem diesigen späten Nachmittag im Februar, beinahe genau ein Jahr nach seiner Ankunft in Venedig, spazierte Lienhard wie jeden Tag durchs Castelloquartier, in Richtung Hafen.

Es war windig und am Kanal kreischten wie immer die Möwen. Ein Mann joggte an ihm vorbei, folgte wie er dem Kanal, boxte in die Luft zwecks Training. Unaufgeregter Stadt-Alltag, sozusagen die dunkle Materie von Venedig. Im roten Haus nebenan lugte wie immer eine Frau aus dem Dachfenster und beobachtete die Geschehnisse draussen. Er nannte sie insgeheim nur „die rauchende Frau", weil sie genau das war, eben die rauchende Frau. Er sah sie eigentlich immer, wenn er hier spazierte.

Er und sie nickten sich kurz zu.

Dies hier war sein Quartier.

Als er sich dem Hafen weiter näherte, vernahm er ein seltsames Geräusch. Er betrat den Holzsteg: Die parkierten Boote schaukelten im Wellengang, wurden auch vom Wind bewegt, und wie diese Dutzenden, vielleicht Hunderten von Segeltauen an die Masten schlugen, erzeugten sie einen eigenartigen Klang, helle Töne wie bei einem Windspiel, verschiedene Tonlagen, glockenhaft, ein chaotisches Lied.

Er blieb lange dort stehen und hörte einfach zu.

Bereits, als er zum Hafenquai weiterging, nahm er sich vor, hier niemals mehr vorbeizuspazieren, um diesen perfekten Moment für immer zu bewahren.

Er würde den Boots-Kanon in Zukunft unangetastet lassen, seinen rauen Liebreiz nicht durch Gewohnheit abschleifen.

Auch Jahre danach konnte er sich an keinen schöneren Klang erinnern als an diesen der schwingenden Leinen an den Bootsmasten, ein Schauspiel, der Kunst-Biennale würdig, aber zum Glück vor ihr verborgen.

Castello, dieses Refugium, diese verkannte Schönheit, der er nach jenem Erlebnis contre Coeur für immer den Rücken zukehrte.

Nach diesem Spaziergang, nachdem er drei Tage, fünf Wochen und ein Jahr in Venedig gelebt hatte, entschied er sich, nicht nur Castello, sondern auch Venedig zu verlassen, denn sonst hätte er dort wahrlich ein Leben lang bleiben müssen.

Kapitel Vierzehn

BEI SEINEM EINJÄHRIGEN AUFENTHALT IN VENEDIG
hatte Lienhard erkannt, dass er sich nicht allein
aufgrund der Aufenthaltsdauer wirklich angekommen
fühlte an einem Ort. Offenbar gab es noch weitere
Faktoren. Ihn interessierte, wann seine Vorfreude auf
eine neue Reisedestination über ging in den tatsächli-
chen Genuss dieser Reisedestination. Bis er eine
schlüssige Erklärung gefunden haben würde, musste er
an weitere Orte reisen.

So wurde er ein Nomade.

Monatelang sprang er von Ort zu Ort.

Shanghai war ein gutes Beispiel:

Frühmorgens kam er am internationalen Flughafen
Pudong an und stieg unverzüglich in ein Taxi, um sich
ins Stadtzentrum bringen zu lassen. Das Auto fuhr ihn
über eine langgezogene Autobahnbrücke und er sah
diese Stadt nun zum ersten Mal mit eigenen Augen.
Der Fahrer drückte aufs Gaspedal seines alten Autos,
eines Volkswagen Santana, als müsse er Lienhard zu
einem dringenden Termin fahren.

Er stieg im Businessviertel Pudong unter einem

smogverhangenen Himmel aus dem Taxi und blickte am 468 Meter hohen *Pearl Tower* hoch, den man so oft sah, wenn von Shanghai die Rede war.

Kurze Zeit später war er oben, blickte aus dem Panoramafenster runter auf die Hochhäuser und Strassen in der Ferne. Allein, etwas fehlte ihm. Er überlegte, ging auf und ab, blickte aus jedem Fenster, stellte sich auch auf den transparenten Glasboden und blickte in die Tiefe. Es war nett hier, doch er empfand keinerlei Befriedigung, hier zu sein. Der Ort erschien ihm austauschbar. Er hätte jetzt auch in einer anderen Stadt und in einem anderen Land sein können.

Ihm fehlte das Unverwechselbare.

Für 30 Yuan kaufte er sich ein Ticket für eine Fahrt durch einen unterirdischen Sightseeing-Tunnel, welcher den 600 m breiten Huangpu-Fluss unterwanderte und ihn zur anderen Uferseite brachte.

Später stand er am Flussufer und blickte zurück auf die Skyline Pudongs mit den verschiedenen Wolkenkratzern und sah nun aus einer grösseren Distanz erneut den Pearl Tower. Seine charakteristische Form vertikal aufgereihter Riesen-Perlen war nun auf einen Blick erfassbar, stach aus den anderen Gebäuden der modernen Skyline optisch hervor.

Lienhard blickte auf die Skyline, verglich den Anblick mit seinem Reiseführer.

Ja, jetzt war es so wie auf dem Bild.

Die Mehrheit der Bilder, welche er von Shanghai kannte, waren in den vergangenen drei bis fünf Jahren entstanden und bildeten genau diesen Abschnitt genau dieses Quartiers aus genau dieser Distanz ab.

Das war gut so.

Dieser Umstand war keineswegs eine Garantie,

trotzdem schienen die Faktoren zu greifen, denn soeben spürte Lienhard eine Veränderung.

Etwas geschah mit ihm.

Er spürte es nun mit einem Mal.

Da war er, der gewünschte Effekt.

Etwas änderte sich, verschob sich, rastete ein in seinem Geist.

Ihm schien, als spüre er ein inneres Klicken, Einschnappen, denn er hatte den richtigen Moment erwischt. Nicht immer geschah es so schnell wie diesmal, nicht immer geschah es überhaupt. Aber nur dieser Effekt zählte für ihn.

Perfekt, er war jetzt also tatsächlich in Shanghai, es stimmte wirklich. Jetzt fügte sich endlich alles zusammen. Es fühlte sich echt an, wie ein perfekter Moment. Genau diese Ansicht hatte er gesucht. Ja, so war es recht, ihm bot sich exakt jener Anblick, den er hatte sehen wollen und der ihm genau jetzt alles gab, was er wollte. Eine Punktlandung.

Eine Weile lang blieb er einfach so stehen und liess die Szenerie hier auf sich wirken. So verging vielleicht eine halbe Stunde oder mehr. Diese Stadt, diese Adresse, dieser Ort, der ihm noch vor rund wenigen Stunden in gewisser Weise unwirklich vorgekommen war, war nun real geworden.

Lienhard war sehr zufrieden, zudem auch überrascht, wie schnell es diesmal geklappt hatte.

Die Mission war erfüllt.

Noch einmal blickte er vom Bund aus auf den Perlenturm, nahm auch die Geräusche um sich herum bewusst wahr ja, er nahm alles wahr, das Fliessen des Wassers, den entfernten Verkehr, das Hupen der unzähligen Mopeds, die Gespräche der Geschäftsleute am Telefon, die an ihm vorbeigingen.

Er genoss das Verharren minutenlang.

Irgendwann blickte er auf seine Uhr und machte ein paar Anrufe, um Änderungen in seinem Reiseplan vorzunehmen. Es war nun zehn Uhr vormittags und er war seit knapp drei Stunden in Shanghai. Mit einem Taxi liess er sich zum Flughafen bringen und setzte sich dann mit einem Sandwich und einem Getränk in die Wartehalle.

Das Boarding würde in vier Stunden starten.

Tokio wartete.

Kapitel Fünfzehn

Es gab 195 Staaten, Tausende von Städten und beinahe unendlich viele Reiseziele. Die Anzahl potentieller Reisen zwang Lienhard dazu, effizient vorzugehen, alles umsichtig zu planen.

Einige Monate zuvor hatte er den afrikanischen Kontinent punktuell durchgearbeitet (Tafelberg in Kapstadt, Johannesburg, Kap der Guten Hoffnung, Kaffeeplantage in Äthiopien plus Kaffeezeremonie mit Popcorn, Robben Island, Safari durch den Krüger Nationalpark, Serengeti).

Auch Pakistan, die Mongolei, Russland, Vietnam, Indien hatte er bereits speditiv erledigt.

Ein ergiebiges, aber noch pendentes Thema, auf das er sich freute, war Australien.

Ihm ging es nicht mehr darum, einfach seine Liste aus dem Brockhaus abzuarbeiten. Vielmehr war er auf der Suche nach diesem bestimmten Moment, in dem er sich eine Reisedestination wirklich vergegenwärtigte. Mittlerweile hatte Lienhard verschiedene Gründe zusammengetragen, von denen er glaubte, dass sie einen Einfluss darauf hatten. Er nannte sie Reisehypothesen.

Reisehypothese Nr. 1. Grenznutzen: Lienhard glaubte, dass vieles mit der Zeitdauer des Aufenthaltes zu tun hatte und mit dem ökonomischen Prinzip des Grenznutzens. Je höher der Konsum eines Produktes, desto grösser der Nutzen, doch irgendwann war man gesättigt und der Nutzen kam an seine Grenzen, früher oder später.

Reisehypothese Nr. 2. Wiedererkennen: Lienhard schien beim Reisen das zu suchen, was er schon wusste, ein Erkennungszeichen, das ihm zeigte, nun wirklich am richtigen Ort zu sein. Auch, wenn dies manchmal Zeit brauchte. Manchmal genoss er einen Ort zwar auch, der etwas Untypisches, Unerwartetes bot, unabhängig von dem, das er eigentlich gesucht hatte, dann, wenn sich Lienhard ganz auf den Moment einlassen konnte, ganz ohne das gefundene Suchbild.

Reisehypothese Nr. 3. Emergenz: Vielleicht hatte Lienhard auch deswegen manchmal Probleme, sich auf einen Ort einzulassen, weil er diese vielen Eindrücke sah, doch das Gesamtbild, das sah er nicht, er sah den Wald vor lauter Bäumen nicht und der Abgleich mit den eigenen Erwartung funktionierte nicht. Der Ort war mehr als die Summe seiner Teile und vermutlich stand Lienhard einfach die Emergenz im Weg.

Reisehypothese Nr. 4. Abstraktion: Ein aufgesuchter Ort war für Lienhard zunächst unbekannter Boden und der Ortsname nur eine leere Worthülse: London. Istanbul. Sahara. Bevor er nicht selbst da war, blieb alles eine Abstraktion. Danach wurde es nicht zwingend glaubwürdiger. Oft konnte er das gedachte Objekt nicht mit dem realen Objekt in Einklang bringen, vielleicht, weil er mit dem Objekt vor den Augen überfordert war und alles noch als Abstraktion abgespeichert war.

Reisehypothese Nr. 5. Gewohnheit: Zunächst war ein Ort für Lienhard etwas Ikonisches, einfach, weil er für ihn ein erstrebenswertes Ziel darstellte, welchen er nun erreicht hatte. Doch dann gewöhnte sich Lienhard oft schnell daran, und der Nimbus des Unerreichbaren und Legendären blätterte ab. Hervor kam etwas Greifbares, Banales.

Vermutlich gab es weitere mögliche Erklärungen, warum Lienhard manchmal froh war über eine geglückte Sichtung und dann wieder enttäuscht. Doch er hatte den Eindruck, dass diese Reisehypothesen ihm zwar halfen, das Problem zu verstehen, aber nicht, es auch zu lösen. Selbst, da er um diese Beschränkungen und Bedingungen wusste, konnte er doch nicht Einfluss auf sein Reiseerlebnis nehmen.

Kapitel Sechzehn

Es war noch nicht so heiss wie im Juli und August, aber doch schon sommerlich warm.

Sein Hotel befand sich in einem Quartier in der Nähe des Hauptbahnhofes an einem sogenannten *Plaza*, der aber so klein war, dass Lienhard sich über dessen Gattung wunderte.

Müde von seinen vielen Reisen, hatte sich Lienhard für Spanien vorgenommen, alles etwas ruhiger anzugehen. Er würde einfach wahllos durch die Stadt schlendern, als sei er ein normaler Tourist und nicht als jemand, der etwas ganz Bestimmtes suchte.

Ein Mann sprach ihn an.

Nehmen Sie teil an der City Tour.

Der rote Bus hier. Nur 15 Euro.

Lienhard wählte einen Fensterplatz in der oberen Etage.

Es roch es nach Gummibärchen.

Drei junge Briten links neben ihm, ungefähr zwanzig Jahre alt, amüsierten sich prächtig, hielten ihre Dosen-Energydrinks lässig mit nur drei Fingern.

Lienhard drückte sich die Kopfhörer ins Ohr und schaltete auf Kanal vier (Deutsch). Das Tonband mit den touristischen Informationen schien in die Jahre gekommen zu sein, doch es lehrte ihn Touristenweisheiten rund um die Stadt-Geschichte, andalusische Bräuche und jene historischen und architektonischen Sehenswürdigkeiten, an denen die Reisegruppe jeweils vorbeifuhr.

Einige Stationen lang sass neben ihm ein Japaner, der auf seiner Stadtkarte jeweils die Attraktionen markierte, welche gerade erläutert wurden. In seinen dicken Brillengläern spiegelten sich die Gebäude, an denen sie vorbeifuhren. Dann irgendwann bei einem Plaza stieg der Japaner aus und Lienhard sah ihn nie wieder.

Nachmittags sass Lienhard im Triana-Viertel auf einem Beton-Poller an einem schattigen Platz, beobachtete auf der anderen Strassenseite eine kleine Schar Rentner, die, verteilt auf mehrere Balkone des Hauses, in ihren Stühlen sassen, in einer Art Setzkasten-Ansicht lose platziert.

Wie sie hier so ihren Pensionierten-Drink nahmen und ein Buch lasen, ein Warten auf etwas.

Eine Weile lang betrachtete er sie.

Entdeckte später, als er in die Ferne blickte, den Dachgarten eines Hochhauses schräg gegenüber. Geduldig trocknete oben im lauen Wind Sevillas die Wäsche.

Direkt neben seinen Füssen lag eingerollt eine alte Katze und schlief. Er betrachtete sie eine Weile, sah, wie sie ruhig atmete, fand es schön, ein kleines, pelziges Wesen an seiner Seite zu haben.

Erst mit der Zeit nahm er den Duft wahr, den er im

Baumschatten hier schon die ganze Zeit über einge-
atmet hatte.

Über ihm blühten die Orangenbäume.

Irgendwann gegen 17 Uhr spazierte er als einsamer
Wolf entlang des Rio Guadalquivir. Eine Gruppe
junger Angler wartete am anderen Ufer auf einen Fang.

Vom Wasser her wehte ihm dieser bestimmte
Geruch entgegen, dieses anheimelnde Muffeln, das
Flüsse manchmal mit sich brachten. Ein Vogelschwarm
in V-Formation zog über den Fluss hinweg.

Der Himmel war mittlerweile stark bewölkt.

Am Boden rollte eine leere Fantadose im Wind.

Lienhard fühlte sich verloren an diesem Ort, aber
eigentlich war es egal, wo er sich aufhielt.

Er war überall verloren.

Eine halbe Stunde lang sass Lienhard auf dem
Oberdeck eines Touristenbootes, umringt von grünen
Plastikstühlen. Über ihm prasselte der Regen auf die
Decke aus Plastikplanen. Drüben am Ufer das Kloster,
in dem Kolumbus gewohnt hatte. Mehrere Leute
winkten vom Ufer her zu, vielleicht die Angler von
vorhin, und er fühlte sich, da alleine auf Deck, genö-
tigt, zurückzuwinken. Eigentlich unklar, weshalb
immer alle den Leute auf den Schiffen zuwinkten.
Komischer Brauch, international zudem.

Abends begab er sich zur nahegelegenen *Carboneria*,
der Binsenweisheit eingeweihter Touristen. Ein
Geheimtipp, den auch sein *Merian live!*-Exemplar zu
bieten hatte. In diesem alten Gemäuer, in dem einst
Kohle gelagert wurde, fanden heutzutage gemäss

Reiseführer-Beschreibung »legendäre Flamencovor-
führungen« statt.

Zunächst trank er ein *Agua de Sevilla*, eine süffige
Köstlichkeit aus Ananassaft, Cava-Wein, Whisky,
Cointreau und Eis, garniert mit Schlagsahne und Zimt.
Dann liess er sich Tapas geben: Je vier Stück
Manchego-Käse und vier halbe, aber dicke Scheiben
Salami wurden hierfür sorgfältig auf einem A4-Papier-
blatt drapiert dazu gab es etwas Knabbergebäck,
welches daneben platziert wurde.

Lienhard war sehr zufrieden mit Sevilla.

Seine bisherige Ausbeute war gut.

Vor Ort sein: mehr sehen, als der Reiseführer zu
sagen hat und stattdessen die Dinge unmittelbar im
Detail vor Augen geführt zu bekommen, in kleinster
Auflösung, unwichtige Details sehen, ja, das liebte er,
das gab ihm das Gefühl, wirklich hier zu sein, inmitten
des Geschehens.

Der Flamenco-Sänger war jung, aber seine Stimme
klang tief und alt. Die Tänzerin, gross, robust, kraft-
voll, steppte energisch zu seinem Gesang. Ein nächstes
Steppen, Stampfen der Frau, Drehen um die eigene
Achse im Gitarrensound, in wehendem grünen Kleid,
tanzend, polternd, hüpfend, virtuos.

Als Lienhard zufällig zum Tisch nebenan blickte,
zuckte er zusammen. Im vagen Dämmerlicht sah er
eine Frau, die er kannte.

Frau Reber.

Vor einem halben Jahr hatten er und Frau Reber
sich zufällig in Mumbai kennengelernt. Stundenlang
waren sie an jenem Tag gemeinsam durch die Stadt
spaziert, hatten die mit Waren und Menschen über-
frachteten Märkte besucht.

Dann kam es zu einer Begebenheit.

Einem Vorfall voller Agape.

Es ging um eine indische Familie.

Ein Frau Reber geschuldeter Moment des Lichts. Lienhard hatte nie jemandem davon erzählt, da jede Schilderung alles nur banalisiert hätte. In dieser Zeit, mit diesem kostbaren Ereignis just an jenem Tag, ausgehend von diesem einen Menschen, war Lienhard in den Bann gezogen worden von einem Gefühl, das er nicht für möglich gehalten hätte. Spätabends waren sie gemeinsam im Taxi zurück zum Hotel gefahren. Frau Reber hatte aus dem Fenster geblickt in die Nacht und nur gesagt: »Schön irgendwie, da draussen, die Lichter der schlafenden Stadt.« Schweigend hatten sie also durch das Autofenster die Lichter der schlafenden Stadt beobachtet, bis sie schliesslich das Hotel erreichten. Doch mehr als auf die Lichter der Stadt hatte er unentwegt auf den Schatten neben ihm geblickt, diesen wertvollen Anblick einer Silhouette, die er langsam zu lieben begann.

Nun also, nach all diesen Monaten, sassen sie zufällig hier, begannen zaghaft ein Gespräch.

Später, nach der letzten Flamenco-Vorführung, begleitete er sie zur Taxistation. Lienhard hatte einen Flug in zwei Stunden und Frau Reber musste zurück in ihr Hotel.

Sie vereinbarten, sich im Herbst in Paris wiederzusehen.

Ihre beiden Wagen fuhren in entgegengesetzter Richtung fort. Aus seinem fahrenden Taxi heraus blickte er ihrem Taxi im Rückspiegel nach, bis es schliesslich am Ende der Strasse abbog und hinter einem Gebäude verschwand.

Kapitel Siebzehn

ER BEGANN SEINEN ZWEITÄGIGEN AUFENTHALT IN Madrid in ungnädiger Stimmung. Die Stadt hätte aus purem Gold bestehen können und er hätte sie doch in diesem ersten Moment gehasst. Denn er hatte diesen Inlandflug in den frühen Morgenstunden nur widerwillig angetreten nach der gestrigen zufälligen Begegnung in Sevilla.

In Madrid erledigte Lienhard seine geplanten Sichtungen und einen Tag vor seiner Abreise nach Barcelona erfuhr er, dass sein Flug ausfallen würde. Er buchte bei *renfe* einen Regionalzug, da er sich in längere Klausur begeben wollte, um über alle seine bisherigen Reisen nachzudenken und auch über Frau Reber. Das Fest in Barcelona, *Sant Jordi*, das er sich ansehen wollte, würde erst in drei Tagen stattfinden und nach den vielen Flügen war eine gemütliche Zugreise vielleicht eine gute Idee.

Lienhard fielen Sätze ein, die Frau Reber einst zu ihm gesagt hatte. Diese Sätze waren eingebrannt und in Gedanken rezitierte er sie tausendfach wie ein Gedicht. Nicht so sehr, was sie sagte, sondern, wie, denn sie hätte ihm auch eine Differentialrechnung aufsagen können und die Wärme in ihrer Stimme hätte sich dennoch nicht verbergen lassen.

Nach den vielen Flügen in seinem Leben war es seltsam, plötzlich Bodenhaftung zu haben beim Reisen – für jede Minute nur ein paar Hundert Meter zurückzubekommen. Er würde sich Barcelona wirklich verdienen müssen. Auf einer Gewaltsfahrt von vier Stunden in einem nicht klimatisierten Waggon hatte sich der Zug ins Landesinnere nach Saragossa gepflügt, um sich dann wieder in Richtung Küste vorzuarbeiten.

Ein Bahnhof für einen Gott, dachte er, als sein Zug in Tarragona einfuhr. Endlich bekam Lienhard etwas für diese harte Währung. Hinter den Schienen und der wellenförmigen Windschutzwand konnte man in der Ferne Ozeandampfer und Tanker sehen, welche das Meer befuhren.

Als der Zug weiter in Richtung Barcelona fuhr, breiteten sich plötzlich Sandstrände zu seiner Rechten aus, hohe Palmen wie auf einer karibischen Insel.

Plötzlich fährst du, auf dem abgegriffenen Regionalzug-Sitz hockend, nur dreissig Meter am Sandstand vorbei, siehst die Badenden, siehst die Spaziergänger, siehst die Strandbars, angesichts deiner Situation, deiner Zugfahrt surreal anmutend. Als würden sie dir einen Fernseher vors Zugfenster halten mit einem Strand-Film, als wären die Zugfenster selbst die Fernseher. Dann Grasland, wieder Palmen, wieder Strand, sogar Häuserreihen, die dich ein wenig abdriften lassen vom Strandleben.

Lienhard schaute sich zum ersten Mal die Leute richtig an, die mitreisten, ihre gelassenen Gesichter.

Sie kannten den Weg.

Es war nicht ihr erstes Mal.

Sie wussten, was da noch kam.

Plötzlich siehst du, dass du nicht mehr als Zaungast dem Meer entlang fährst, nicht mehr verstohlen am Fusse des Strandes über die Schienen gleitest, sondern du fährst plötzlich direkt ans Meer mit dem Zug, nein, ins Meer, fährst mit dem Zug in die Wellen, glaubst es zumindest, weil zwei Meter, ja, höchstens zwei Meter neben dir und deinem kecken Zugfenster die Wellen des Mittelmeeres wogen und du denkst, die Gischt muss doch die Zugschienen erreichen, das Fenster muss doch Wasserspritzer, Meeresmoleküle, erhaschen, was gut wäre, weil es gegen die Fernseher-Theorie spräche.

Fährst dann weiter, nimmst einen in Stein gehauenen Weg, greifst dir mit dem Blick vielleicht dreimal ein Gucklock, ein Schiffsbullauge, welches dir das aufgewühlte Meer zeigt.

Welch eine Königs-Zugfahrt! Das alles gibt dir nach einer siebenstündigen Durststrecke, nach sieben Stunden Augenlangeweile, nach endlosen ausgetrockneten Weiden, Olivenbäumen, Felsen, Zypressen, ein paar roten Mohnblumen, Dörfern und verschlafenen Bahnhöfen, gibt dir der Regional Express Nummer 17050 von Madrid nach Barcelona in der letzten Stunde dieser Bummelfahrt. Jetzt endlich hat der Zug seine Schuld beglichen, mehr als das, er gibt er dir eine Augenweide, mehr, er legt dir ein ganzes Meer zu Füssen. Danke, *renfe*-Zug.

Ein Passant bemerkte Lienhards Staunen und sagte in Katalan: Sie sehen's wohl zum ersten Mal. Er antwortete nur: ja, in der Tat.

* * *

Nach seiner Ankunft in der Stadt verbrachte er den restlichen Tag im nahen Ozeaneum, sah unter anderem Rochen, Haie, Wale und Moränen, was ihm sehr zusagte, da er zuvor noch keines dieser Tiere mit eigenen Augen gesehen hatte.

Am darauffolgenden Vormittag begab er sich zum Hafen und der dortigen Haltestelle des Touristenbusses, um eine Fahrt zu machen. Auf der Ufer-Promenade waren viele Leute unterwegs, vornehmlich Familien mit Kind. In der Ferne betrachtete er eine der beiden roten Gondeln der Hafenseilbahn, wie sie langsam zur Mole fuhr. In den hohen Palmen, welche den *Passeig de Colom* säumten, hockten grüne Finken und machten Radau.

Der Geruch von Frittiertem lag in der Luft.

Beim Cap eine Kirmes.

Kleine Buden mit Eiscrème und noch heissen Churros mit Schokoladensauce.

Am Folgetag ging er zu Fuss durch die Stadt. Seltsam, die gleiche Strecke abzuspazieren, welche er noch einen Tag zuvor in der Geborgenheit des Busses gemacht hatte. Ohne Infokanal im Ohr, bot sich ihm einfach die Ansicht der unspektakulären Peripheriestrassen und die Geräusche der Stadt oder vielmehr einer Stadt, irgendeiner Stadt, denn es klang nicht unverwechselbar hier. Irgendwo wurde gehämmert und gefräst. Baulärm drang aus einem Haus auf der anderen Strassenseite.

Alle zehn Minuten kam ihm einer der Touristenbusse entgegen, die er gestern genutzt hatte. Seltsam, nicht mehr dazuzugehören. Er war ihm nun also entwachsen, musste jetzt auf eigenen Beinen stehen, sozusagen Tourismus für Fortgeschrittene. Gerade eben wieder ein Bus. Er betrachtete die Leute auf dem

Oberdeck, wie sie sich umsahen, sensibilisiert durch die nützlichen Kopfhörer-Infos zum hiesigen Ort, er verspürte ein wenig Neid auf ihre seichte, vorgespurte Fahrt, wohlbehütet im Bus.

Schliesslich kam der 23. April, der Tag des Buches und der Rose. Der Brauch dieses Festes besagte, dass die Frauen den Männern, die sie liebten, ein Buch schenkten und die Männer ihrerseits gaben ihnen Blumen. Lienhard betrachtete die Marktstände und liess sich einfach von der Menschenmenge treiben, gelangte irgendwann in eine Seitenstrasse.

An einem kleinen Verkaufsstand einer Vereinigung für Origami-Kunst kaufte er eine gefaltete Rose aus rosarotem Papier. Sie war klein und hatte beinahe kein Gewicht. Behutsam legte er sie in seine Jackentasche.

Kapitel Achtzehn

Im September des selben Jahres, nach diversen weiteren Reisen, flog er endlich nach Paris und traf dort Frau Reber.

Gemeinsam folgten sie einer Platanenallee entlang der Seine. Manchmal hielten sie an, um sich die antiquarischen Bücher und Drucke anzusehen, die in grünen, historischen Klappkästen aus Holz ausgestellt waren, den *Boîtes*, die momentan geöffnet waren und als Dutzende Mini-Antiquariate den Gehsteig säumten. Die meisten Verkäufer hatten ihre Bücher, welche feinsäuberlich nach Autoren sortiert waren, in transparentes Cellophan eingepackt und am Rand handschriftlich mit dem Autorennamen versehen: MOLIERE, BEAUVOIR, SARTRE.

Schliesslich fand Frau Reber an einem Stand ein kleines, feines, rotes Büchlein von Albert Camus und kaufte es für 5 Euro von dem Bouquinisten, einem freundlichen, älteren Herrn um die Siebzig.

Später sprachen sie über seine Reisen. Frau Reber fragte ihn nach einem besonderen Reise-Erlebnis.

Er dachte nach und sagte dann: »Von all meinen

Reisen denke ich oft an Kreta zurück: an Heraklion und die Strassenhunde dort. Am Vorabend meiner Weiterreise nach Madagaskar sass ich neben dem alten Hafen, inmitten von Brachland, und blickte auf das Meer. Die Sonne war bereits hinter dem Horizont verschwunden und in der Ferne leuchteten schon die Türme der Raki-Schnapsbrennereien. Ich fühlte mich fehl am Platz, nicht dort, nicht in Griechenland, sondern generell heimatlos, egal, wo ich mich aufhielt. Dann blickte ich aufs Meer und beobachtete, wie sich die Wellen an den gegossenen Betonblöcken am Ufer brachen und in jenem Moment hasste mich dafür, über die verschiedenen Typen von Wellenbrecher-Blöcken – *Dolosse, Tetrapoden, Quadripoden* – mehr zu wissen als über eine erfüllte Liebe, doch wusste ich, dass ich immer eine verrückte Sicht auf alles haben würde, egal, was ich noch jemals unternehmen würde, denn ich würde immer ein weltfremder Mensch bleiben aufgrund meiner Geschichte. Da lief eine fünfköpfige, bunt gemischte Gruppe von Strassenhunden auf mich zu, zwei kleine und drei grosse, und sie setzten sich einige Meter neben mich in den Sand, allen voran ihr Rudelführer, ein schöner weisser, etwas staubiger Hirtenhund. Sie blieben einfach da sitzen und leisteten mir Gesellschaft.«

Frau Reber sagte nichts, doch als sie weitergingen, hakte sie wie selbstverständlich ihren Arm bei ihm ein. Als sie die Brücke überquerten, hielt ein Auto vor Zebrastreifen und liess sie passieren. Es war an diesem Herbsttag in Paris so sonnig und warm, dass er in jenem Moment sogar den sonderbaren Geruch der aufgeheizten Luft wahrnahm, welche vom Blech der Kühlerhaube abstrahlte. Ein Detail, das vermutlich bisher noch nie einen Menschen gekümmert hatte, doch ihm fiel es auf, so, wie ihm jede Sekunde hier mit Frau Reber besonders bemerkenswert vorkam.

Er blickte auf Notre-Dame, ihre alten Mauern. Wie viele Kohorten waren schon zerschellt an der Zeitlosigkeit dieser Mauer, welche viele kommen und gehen sah, ganz ohne Hohn, aber mit dem Gleichmut eines Riesen?

Lienhard spürte Frau Rebers Arm um seinen und für einen Moment fühlte er sich wie etwas Unzerstörbares, ewig Währendes, das selbst dieses alte Gebäude überdauern konnte an der Seite eines geliebten Menschen. Denn sie waren doch hier, schön, lebendig, gegenwärtig, und die Friedhöfe erschienen ihm wie etwas Anachronistisches, ein längst aufgehobenes Verdikt, denn die Welt umgab sie beide doch, und es war doch abstrus, anzunehmen, dass sich daran je etwas ändern könnte, denn war es nicht absurd, dass ein denkender, liebender Geist je der Abwesenheit anheimfallen konnte?

Später schenkte er ihr die Origami-Rose. Sie schrieb etwas ins rote Buch von Camus und versprach Lienhard, es ihm bei ihrem nächsten Treffen mitzubringen.

Doch es kam anders.

Einige Wochen später schrieb ihm Frau Reber, dass ihr Ex-Mann sie verzweifelt gebeten habe, mit ihm als humanitäre Helferin nach Indien zu reisen, um dort Bedürftigen zu helfen. Lienhard seufzte, aber er erkannte die Grösse der beiden und liess Frau Reber ziehen.

Kapitel Neunzehn

Eines Tages beschloss Lienhard, dass er genug
gereist war und auch seine Brockhaus-Liste genügend
abgearbeitet war.

Jedenfalls hatte er genug von seinem unsteten
Leben. Er wollte wieder einen normalen Alltag haben.

So fand er einen Job bei einer Bank, arbeitete sich
schnell hoch und wurde schliesslich Finanzprüfer. Sein
Leben verlief wieder in ruhigen Bahnen. Er begann,
sesshaft zu werden und sich darin einzurichten.

Die Monate und Jahre vergingen.

Doch Frau Reber vergass er nie.

Dann, an einem gewöhnlichen Nachmittag, als er von
einem Spaziergang nach Hause kam, geschah es. Er
stieg an diesem Nachmittag wie täglich die mit
Linoleum überzogene Holztreppe zu seiner Altbau-
wohnung im dritten Stock hinauf, und etwa im zweiten
Stock sah er über sich, auf der abgetretenen, in der
Mitte schon ganz delligen Treppenstufe, ein Kaugum-

mipapier, das lag leicht zerknüllt dort. Es war zerrissen und darauf zu lesen war noch "Minze extra stark", und es war komisch, aber dieses Papierchen freute ihn sehr wie auch jene Treppe ihn freute, denn er dachte plötzlich: willkommen zuhause.

Und er meinte damit nicht seine Wohnung oder das Treppenhaus, sondern alle Treppenhäuser dieser Welt, weil sie so wunderbar selbstverständlich waren, und weil dieses Kaugummipapierchen ganz beiläufig greifbar hier lag und man sich nicht darum kümmern brauchte. Denn es gab Millionen anderer Kaugummipapierchen, die irgendwo lagen und niemanden kümmerten, sondern nur still jene Beiläufigkeit attestierten, welche er so lange entbehrt und ersehnt hatte.

Kapitel Zwanzig

Etwas ratlos betrachtete Walser den kleinen Tresor auf dem Küchentisch.

Die Büchse der Pandora sozusagen.

Ihn beunruhigte Lienhards Hinweis, dass für die Informationen darin Menschen gestorben waren und er fragte sich, ob es überhaupt ratsam war, das Ding zu öffnen und das Geheimnis zu kennen. Vielleicht sollte er gehen, solange dies noch möglich war. Zwar hatte er Lienhard gedrängt, ihm sein Geheimnis zu verraten, aber jetzt wollte er nichts überstürzen.

Zuerst musste er mehr über Lienhard herausfinden und verstehen, in welche Richtung dies alles ging. Niemand wusste, welche Auswirkungen das Attentat auf Lienhard gehabt hatte. Vielleicht hatte er seitdem psychische Probleme und war nicht mehr zurechnungsfähig. Letztlich lebte Lienhard hier im Wohnwagen wie ein Einsiedler oder Aussteiger, das gab Walser zu denken. Die Einsamkeit konnte mit einem Menschen einiges anstellen.

»Bevor Sie mir jetzt irgendeinen Beweis zeigen, würde ich gerne von Ihnen hören, wo Sie die flache

Erde angetroffen haben. Wie kamen Sie darauf? Man wacht ja nicht eines Morgens auf und beschliesst spontan, sein Weltbild komplett zu ändern«

»Es war, als ich an die Ägäis reiste, da änderte sich alles«, sagte Lienhard.

Walser war enttäuscht. Er hatte gehofft, Lienhard würde ihm eine grosse Story erzählen von der Antarktis und dem Rand der Welt, den er gefunden hatte. Stattdessen also ein Märchen über das Mittelmeer. Es würde fast zu einfach werden, Lienhard zu widerlegen.

»Dann waren Sie in Griechenland und haben von dort aus Atlas gesehen, wie er das Firmament auf seinem Rücken trägt, nehme ich an«, sagte Walser und lachte.

»Nein, ich war in der Türkei und habe von dort aus eine totale Sonnenfinsternis gesehen«, sagte Lienhard, »da habe ich es begriffen.«

»Ich verstehe nicht, was eine Sonnenfinsternis damit zu tun hat. Eine Mondfinsternis könnte man ja noch gelten lassen. Hätten Sie gesagt, dass Sie einen scheibenförmigen Erdschatten auf dem Mond gesehen hätten, dann –«.

»So einfach ist es aber nicht!" Lienhard fiel ihm energisch ins Wort. Er wirkte reizbarer als damals beim Flacherdler-Kongress.

»Es ist sogar sehr einfach. Die flache Erde ist ein Märchen. Entweder veräppeln Sie Ihre Anhänger mutwillig oder aber Sie glauben es tatsächlich. Ich weiss nicht, was schlimmer ist.« Walser war überzeugt, dass er Lienhard nur weiter provozieren musste, um dessen falsches Spiel zu entlarven.

»Die Flacherde-Theorie ist kein Märchen«, sagte Lienhard, »der Globus ist es!«

Er stellte die Kaffeetasse mit einem lauten Knall auf den Tisch.

Dann starrte er ins Leere und schien nachzudenken.

Walser wartete auf eine Erklärung von Lienhard, doch dieser verfiel nach seinem Ausbruch in stures Schweigen, rührte gedankenverloren mit dem Löffel in der vollen Kaffeetasse.

Diese Reaktion hatte Walser nicht erwartet. Er wusste, dass Lienhard ein energischer Gesprächspartner sein konnte, der die Belange der Flacherdler so gut vertrat wie kein anderer. Doch momentan schien er wenig streitlustig zu sein, wirkte stattdessen eher verdrossen. Vielleicht hatte der Tiger seine Zähne verloren nach dem Attentat.

Walser riss eine Zuckertüte auf, liess den Kristallzucker in seine Tasse rieseln.

Was machte er hier?

Es war mit einem Mal still geworden im Wohnwagen. Nur der Nieselregen draussen tröpfelte gut hörbar aufs Dach, was angenehm beruhigend wirkte. Die beiden Männer sassen sich wortlos am kleinen Küchentisch gegenüber, nippten an ihren Tassen mit dampfendem Kaffee.

Doch ganz so harmlos war die Situation nicht. Walser war gegenüber Lienhard misstrauisch, denn er wusste, dass ungeheuerliche Anschuldigungen im Raum standen. Es gab schlimme Vorkommnisse rund um Lienhard und seine Flacherdler. So wusste Walser, dass kurz vor dem Flacherdler-Kongress intensive Ermittlungen zum Mord an dem Physiker und Astronomen Hans Meier gegeben hatte, dem vielleicht grössten Kritiker der Flacherdler.

Wie Walser erfahren hatte, war es zwischen Lienhard und Meier kurz vor dessen Tod zu einem Treffen gekommen. Es war nie öffentlich geworden, worum es dabei ging, doch Lienhard war nie festgenommen worden, obschon er in den Fokus der Mord-Ermittler geraten war. Angeblich wurde die Akte von höchster Stelle unter Verschluss gehalten und der Fall als »Cold Case« zu den Akten gelegt.

Lienhard war einflussreich und besass sehr viel Geld. Vielleicht hatte er sich freigekauft. Handkehrum hatte Lienhard in der Vergangenheit immer wieder Drohungen erhalten und auch beim damaligen Kongress war er von Bodyguards beschützt worden.

Wenn man einigen Berichten glauben konnte, hatten auch mehrere Mitarbeiter Lienhards, welche in Chile in verschiedenen Observatorium arbeiteten, tödliche Unfälle gehabt. Es schien lebensgefährlich zu sein, Lienhard zu kennen.

Ein Piepsen durchbrach die Stille. Lienhard drückte einen Knopf auf seiner Armbanduhr und stand entschlossen auf. In einer Plastikkiste neben dem Spülstein kramte er ein altes Billig-Handy hervor und steckte eine SIM-Karte ins Gerät, die noch in der Original-Verpackung gesteckt hatte. Nicht einmal eine halbe Minute später erhielt er eine SMS.

Wortlos verliess er den Wohnwagen, schloss die Türe hinter sich und rief mit dem neuen Handy jemanden an. Walser beobachtete ihn durchs Fenster hindurch, konnte aber nicht viel hören. Lienhard sprach Englisch und Spanisch, doch Walser schnappte auf, dass Lienhard seinen Gesprächspartner dazu aufforderte, jetzt unterzutauchen und sich in Sicherheit begeben. Lienhard sagte aber auch etwas von »unklare Lage...« »...vielleicht zu spät...«, »...Zeitfenster..« und »...keinem vertrauen..«, aber auch »...unschädlich machen..« und »...wenn alles vorbei ist...«. Dann schaltete er das Handy sofort wieder aus und entfernte die SIM-Karte.

Walser dachte an Meiers harsche Kritik gegenüber Lienhard und an sein jähes Ende. Er fragte sich, ob es klug gewesen war, Lienhard alleine und an einem solch abgelegenen Ort zu treffen. Natürlich war es das nicht gewesen, aber er wollte mehr erfahren zu diesem seltsamen Flacherdler-Fall. Jedoch erschien ihm Lienhard immer suspekter. Dieser Mann betrachtete vermutlich auch ihn als Feind, nachdem er bereits mehrere negative Zeitungsartikeln über die Flacherdler verfasst hatte. Vielleicht würde sich dies nun rächen.

Gewiss, er hatte heute morgen in seiner Wohnung eine Notiz hinterlegt, doch dies würde ihm persönlich nichts mehr nützen. Sollte ihm wirklich etwas zustossen, wäre es nicht wirklich tröstlich zu wissen, dass sein Mörder später gefasst werden würde.

Lienhard kam wieder in den Wohnwagen und schien nervös zu sein, aber dafür hatte er sein Schweigen abgelegt.

»Woran denken Sie?« fragte Lienhard.

»An Hans Meier. Es wurde nie aufgeklärt, was mit ihm geschehen ist«, sagte Walser.

»Ja, ein tragischer Verlust«, sagte Lienhard nur.

»Sie haben ihn vor seinem Tod noch gesehen«, sagte Walser.

»Das ist wahr«, antwortete Lienhard, „wir haben miteinander gesprochen", sagte er.

»Man fand heraus, dass er vergiftet worden ist«, sagte Walser

»Ja, das habe ich auch gehört. Soll ein langsam wirkendes Gift gewesen sein«, sagte Lienhard.

Er hatte einen seltsamen Gesichtsausdruck.

»Er war Ihr Erzfeind...«, sagte Walser.

Sofort ging ein Ruck durch Lienhard. Sein glasiger Blick wurde wieder lebhaft. Er wirkte kämpferisch.

»Wir hassten uns, bevor wir uns trafen«, sagte Lienhard und bestätigte damit Walsers Befürchtungen.

»Und danach? Man hat auch Sie genauer unter die Lupe genommen nach Meiers Tod«, sagte Walser.

»Stimmt«, sagte Lienhard, »aber der Fall wurde von den Behörden mittlerweile ad acta gelegt. Wurde nie offiziell aufgeklärt.« Er spielte mit der leeren Zuckertüte von Walser.

»Dann läuft der Mörder also noch frei herum«, schlussfolgerte Walser.

»Möglich wäre es. Doch dies wird bald ein Ende haben«, sagte Lienhard und zerknüllte das Papier in seiner Hand.

»Soweit ich weiss, waren Sie einer der letzten Menschen, die Meier lebendig gesehen haben«, wandte Walser ein. Er wollte Lienhard nicht provozieren, aber er musste herausfinden, ob er hier sicher war.

»Einer der letzten, ja, das ist wohl wahr«, sagte Lienhard nur.

»Wie konnten Sie sich denn entlasten?« fragte Walser.

»Das konnte ich gar nicht«, sagte Lienhard, »ich musste ja untertauchen nach dem Bombenanschlag.« Er schien gar nicht zu merken, dass er immer mehr Walsers Argwohn weckte. Vielleicht war es ihm aber auch einfach egal. Vielleicht aus gutem Grund. In zehn Jahren würden womöglich Wanderer zufällig eine seltsame Entdeckung machen im Wald hier. Der endlich aufgeklärte »Vemisstenfall Walser«.

Walser war verunsichert.

Er blickte auf seine leere Kaffeetasse, auf die dunklen Ränder, welche das Getränk hinterlassen hatte.

Ein paar Zuckerkristalle hatten sich nicht aufgelöst. Er stocherte mit dem Kaffeelöffel darauf herum, achtete auf das Knirschen und war sich nicht mehr sicher, wie normale Zuckerkristalle knirschten.

»Wollen Sie noch einen Kaffee?« fragte Lienhard überfreundich.

»Nein danke«, sagte Walser. Er versuchte, sich an den Geschmack des Kaffees zu erinnern, den Nachgeschmack, Ungewöhnliches.

Erneut sassen sie sich schweigend gegenüber. Zum ersten Mal, seit er hier war, empfand Walser das Schweigen als bedrohlich. Er fragte sich, ob er einem Spinner oder vielleicht sogar einem Mörder gegenübersass.

Wer an eine flache Erde glaubte, dem musste man wohl alles zutrauen.

Kapitel Einundzwanzig

DREI MONATE VOR DEM DAMALIGEN BOMBEN-
Attentat auf den Flacherdler-Kongress war Max Lienhard höchst zufrieden gewesen.

Gerade war er von einem Flacherdler-Kongress in
Hamburg zurückgekommen und der Event hatte alle
seine Erwartungen weitaus übertroffen.

Wenn die Erde auch keine Kugel sein mochte: Es
lief derzeit rund für die Flacherdler dieser Welt.

Gemeinsam mit zwei Helfern bearbeitete Lienhard
die dritte Fuhre der heutigen "Fanbriefe", wie er sämtliche Postsendungen, die er und seine Organisation
erhielten, nannte.

Er zog einen Brief aus dem Haufen heraus.

Zu befürchten hatte er grundsätzlich nichts, jeden-
falls nicht körperlich: Vorgängig prüften jeweils
Spezialisten alle Postsendungen auf Sprengstoff und
ABC-Wirkstoffe.

Bis auf rund 250 Zusendungen waren alle heutigen
Briefe ungefährlich gewesen.

Der erste Brief war handgeschrieben und kam aus
Deutschland: *Danke, dass Sie mir die Augen geöffnet*

haben, denn unsere Regierung belügt uns über die wahre Form der Erde. Endlich wird alles aufgedeckt.

Der zweite Brief hatte keinen Absender und war auf dem Computer verfasst: *Liebe Flacherdler-Trottel, bitte stoppen Sie diesen Irrsinn! Unser Sohn hat ein Video über die flache Erde gesehen. Jetzt glaubt er, dass ihn der Geografielehrer belügt. Wegen Ihnen verblöden unsere Kinder!* Der betreffende Brief kam auf den heutigen »Kontra«-Stapel wie auch der nächste Brief (*Überlassen Sie den Kosmos den Kosmologen, Sie Spinner!*) sowie der übernächste, der üble Beleidigungen enthielt.

Auffallend viele Lehrer schrieben ihm.

Sie klagten über aufmüpfige Schüler.

Es gäbe Aufruhr im Klassenzimmer.

Max Lienhard lachte laut. Gerade las er von zwei Flacherdler-Getreuen ein Schreiben, das soger er für idiotisch hielt. Die beiden hatten ihm geschrieben, dass sie sich für die Belange der Flacherdler opfern würden. Mit einem Schneemobil wollten sie an den Rand der Erdscheibe fahren und sich dann während einer Live-Übertragung ins Weltall stürzen.

Einige weitere Briefe legte Lienhard auf den dritten Stapel: »Drohungen«. Er lebte gefährlich, dafür hatte er auch die Aufmerksamkeit der Öffentlichkeit. Und das war gut so. Bereits hatte er verschiedene politische und kulturelle Vorstösse lanciert. Unter anderem eine Unterschriftensammlung, welche verlangte, dass an den Schulen und Universitäten auch die Theorie der flachen Erde gelehrt werden müsse. Es gab zudem TV-Spots mit international bekannten Prominenten, die in drei Sätzen erklärten, warum sie an eine flache Erde glaubten.

Diverse Lehrer-Vereinigungen und Wissenschaftler

kämpften hingegen für ein Verbot der Flacherdler-Publikationen, was Lienhard sehr entgegenkam. Sie machten seine Organisation nur noch bekannter.

Einzig einen Wermutstropfen gab es für ihn: Diverse Physiker am CERN in Genf hatten heute ein Manifest in verschiedenen Tageszeitungen publiziert, in welchem sie Lienhard direkt angriffen. Sie schrieben, dass *die altertümliche Idee einer flachen Erde ein Angriff auf unsere heutige aufgeklärte Gesellschaft und die Wissenschaft* sei. Man müsse Lienhards Irrlehre bekämpfen und dürfe nicht erlauben, dass der von ihm gegründete "Lehrstuhl für die Erforschung der flachen Erde" weiter betrieben werde. Die betreffende Fern-Uni in Deutschland müsse daher boykottiert werden. Der offene Brief endete mit den Worten: *Wir dürfen die Lehre und Forschung nicht Dilettanten wie Max Lienhard und anderen Verschwörungstheoretikern überlassen.*

Dies war eigentlich ein Grund zur Freude für die Flacherdler. Endlich setzten sich die Forscher mit ihnen auseinander. Doch auf dem Manifest, auf dem alle Wissenschaftler unterschrieben hatten, war auch Frau Reber vermerkt, welche in der Vergangenheit als Physikerin am CERN gearbeitet hatte. Es hatte ihm einen Stich versetzt, ihre Unerschrift zu sehen. Sie befand sich für ihr humanitäres Hilfsprojekt in Indien und die Tatsache, dass sie sich dennoch die Mühe gemacht hatte, gegen ihn und seine Organisation zu protestieren, war schmerzhaft. Lienhard kontaktierte sie daraufhin und bat sie um ein persönliches Treffen. Sie willigte ein.

Kapitel Zweiundzwanzig

Der nächste Morgen begann für das Schweizerische Landesmuseum in Zürich ganz normal.

Es war Viertel vor neun Uhr. Die Türen würden sich um exakt 10:00 Uhr für die Besucher öffnen. Leo Notter, Geschichtsstudent und Aushilfs-Mitarbeiter beim Ticketschalter, machte jeweils schon eine Stunde vorher seine Kontrollgänge im Museum.

Doch an diesem Morgen war etwas anders. Er sah es nicht sofort, merkte aber, dass etwas nicht stimmte. Dann wurde es ihm schlagartig klar: Der grosse Globus war weg! Auf dem Boden lag ein Blatt Papier, auf dem stand: *Science is the religion of the globe head.* Unterzeichnet war das Papier von einer Gruppe namens *Flat Earth Wahrheit*.

Sofort verständigte er Jakob Schäppi, den Direktor. Dieser lachte zuerst ungläubig. Dann aber sah er Notters ernsten Gesichtsausdruck. Falls dieser historische Holz-Globus tatsächlich gestohlen worden war, so bedeutete dies einen unermesslichen Verlust. Im Jahre 1712, während des sogenannten Villmergerkrieges, war der damals bereits 100jährige Globus von den

Zürchern aus dem Kloster St. Gallen geraubt worden. Danach verblieb die wertvolle Kriegsbeute in Zürich. Mehrere Jahrhunderte später einigten sich die beiden Städte. Zürich finanzierte für eine Million Schweizerfranken die Herstellung eines Replikates, welches seitdem in der Stiftsbibliothek St. Gallen ausgestellt war. Eine salomonische Lösung.

Schäppi liess es sich nicht nehmen, geradewegs Markus Fuhrer anzurufen, den Direktor der St. Galler Stiftsbibliothek. Die beiden waren seit Jahren befreundet.

»Du, Markus«, sagte Schäppi, »der Globus ist gestohlen worden.«

»Ich weiss, Jakob, ich weiss«, sagte Fuhrer bedrückt.

»Wie kannst du das schon wissen?«, fragte Schäppi verdutzt, »Seid Ihr St. Galler das gewesen?"

»Nein, wohl eher Ihr Zürcher«, erwiderte Fuhrer und lachte seltsam, »einmal klauen reicht wohl nicht.«

Nun verstand Schäppi gar nichts mehr.

Doch nach weiterem Nachfragen stellte sich heraus: Der Globus in der St. Galler Stiftsbibliothek war ebenfalls entwendet worden. Jemand hatte offenbar zeitgleich beide Globen gestohlen.

Der Diebstahl der beiden Globen sorgte für viel Empörung in der Schweiz. Nicht nur Historiker, sondern auch Naturkundelehrer und Astronomieprofessoren regten sich über den dreisten Diebstahl auf.

»Flacherdler stehlen den St. Galler Globus. Ist dies das Ende der Vernunft?« titelte die NZZ. Andere Zeitungen drückten es deutlicher aus: »Die Verblödung ist im Mainstream angekommen«, besagte die Schlagzeile einer Schweizer Boulevardzeitung.

Kapitel Dreiundzwanzig

Das erste Mal bemerkte Lienhard es drei Wochen vor dem Attentat auf den Flacherdler-Kongress.

An einem Sonntag Abend, als er von der Flacherdler-Zentrale nach Hause kam, fiel es ihm auf. Der Parkplatz gegenüber seiner Wohnung war besetzt. Dies war seltsam, denn normalerweise bewachte die 75jährige Annegret Sattler den Parkplatz geradezu verbissen. Sie hatte ihn von ihrem Mann Albert, einem ehemaligen Car-Chauffeur, geerbt, behielt ihn immer im Blick, hatte ihn sogar mit einer massiven Kette umzäunt, damit keine Auswärtigen dort parkieren konnten. Nun stand dort ein schwarzer SUV. Als das Auto auch am nächsten Morgen noch dort war, wunderte sich Lienhard. Im ersten Moment befürchtete er, dass der Dame etwas zugestossen sei. Vielleicht lag sie verletzt in der Wohnung und niemand ahnte es.

Frau Sattler schien aber ok zu sein. Soeben sah er, wie sie aus dem Haus ging, um wie gewohnt ihre Brötchen beim benachbarten Bäcker zu kaufen. Das Auto stand immer noch da. Frau Sattler ging sehr hastig an dem Wagen vorbei und würdigte diesen keines Blickes, beinahe so, als hätte sie Angst, dem Auto zu viel Aufmerksamkeit zu schenken. Die Scheiben waren getönt, und so konnte Lienhard nicht erkennen, ob jemand darin sass.

Einige Stunden später war der Parkplatz wieder frei. Doch am Abend bemerkte Lienhard denselben Wagen erneut.

Es konnte viele Gründe geben, weshalb hier ein solches Auto stand, musste nichts mit Lienhard zu tun haben. Seltsam war jedoch, dass auch seine Telefonleitung neuerdings knackte. Die Drohbriefe hatten abgenommen Dafür gab es mehr tätliche Angriffe gegen seine Organisation.

Der Globus-Diebstahl hatte etliche Vergeltungsmassnahmen nach sich gezogen. An der Hausfassade von Lienhards Wohnung waren noch immer die Spuren roher Eier zu sehen

Auch seine Organisation war angegriffen worden. Man hatte die Webseite gehackt und darauf das berühmte Blue Marble-Bild veröffentlicht mit den Worten: *Flacherdler, lasst euch doch auf den Mond schiessen!*

Eine Gruppierung, welche sich *Globe Truth* nannte, war zudem vor zwei Tagen in die Büroräumlichkeiten der Flacherdler eingebrochen und hatte eine wertvolle Bronze-Skulptur gestohlen, eine scheibenförmige Erde. Neben einem Bekennerschreiben hatten sie an die Eingangstüre ein Buch genagelt: *Manifest der wahren Kugelgestalt der Welt*. Darin standen 100 Gründe, warum die Erde eine Kugel sei.

Lienhards Handy klingelte.

»Hier ist Hans Meier, wir müssen reden«, begrüsste ihn sein Anrufer. Sein Ton war zackig, beinahe militärisch.

Meier war ein Astronom von Weltrang. Nach dem 63jährigen Schweizer war ein Komet benannt worden und er hatte zudem vor einem halben Jahr einen Exoplaneten in einem anderen Sonnensystem entdeckt. Meiers Verdienste in der Astronomie waren gross. Weltweit luden ihn Universitäten als Redner ein. Die Stadt Zürich hatte ihm in der Urania-Sternwarte sogar ein Büro ehrenhalber geschenkt. Meier liebte die Sterne, doch fast noch mehr hasste er die Flacherdler. Er würde alles daran setzen, sie zu bekämpfen.

»Freut mich, von Ihnen zu hören«, sagte Lienhard, „worüber müssen wir reden?«

»Ich denke, das wissen Sie genau«, sagte Meier, »mir wurden brisante Informationen über Sie zugespielt. Dürfte die Medien interessieren. Ein Wort von mir genügt. Wollte aber zuerst von Ihnen hören, wie Sie das rechtfertigen-«

»Was genau meinen Sie?« konterte Lienhard.

»Der Ahnungslose, das war klar.«

Lienhard fragte erneut nach. Meier wollte nicht damit herausrücken am Telefon.

»Nicht jetzt. Wir müssen uns treffen«, sagte Meier.

Lienhard ging nicht weiter auf Meiers vage Anspielungen ein. Er war überzeugt, dass Meier gar nichts wusste und nur bluffte. Allerdings stimmte es: Tatsächlich hatte Lienhard ein brisantes Geheimnis aus der Vergangenheit und er würde Meier daran hindern müssen, dieses der Öffentlichkeit preiszugeben.

Ausserdem arbeitete er mit seinen engsten Vertrauten in Südamerika und der Antarktis an einem

Geheimprojekt. Er hatte sich ein kleines, schlagkräftiges Team zusammengestellt. José, Rodrigo und Pavel, alle drei hochbegabt und absolut loyal, die für ihn im Verborgenen arbeiteten und in der Hochebene von Chile ein kleines Observatorium gemietet hatten. Sein zweites Team war in der Antarktis unterwegs. Weder die Öffentlichkeit noch seine Flacherdler-Kollegen wussten davon. Bei seiner Rede am Kongress würde er alles enthüllen und für eine Sensation sorgen.

Am Telefon wich er Meiers Fragen geschickt aus. Ihm war allerdings klar, dass ein Treffen unvermeidbar war. Allein schon, um den Wissensstand von seinem Widersacher zu prüfen. Er vereinbarte ein Treffen mit Meier im Anschluss an den Flacherdler-Kongress.

Im Grunde hatte Lienhard nichts gegen ihn, ganz im Gegenteil. Er bewunderte ihn. Meier war zunächst ein paar Jahre als Mathematik- und Physiklehrer an einem Gymnasium tätig gewesen, um junge Menschen für das Wissen zu begeistern. Später kehrte er an die Fakultät für Astronomie zurück, um sich ganz der Erforschung des Weltalls zu widmen. Er entsprach nicht dem Klischee eines weltfremden Forschers mit Cordhosen und wirren Haaren, der nachts nach Spiralnebeln Ausschau hielt und sonst nichts Schönes im Leben hatte. Meier war ein braungebrannter, gutaussehender Mann mit blond-silbernem Haar und einer sportlichen Statur. Ein Hedonist und Sportler, der neben Zahlen und Sternen auch einen guten Wein unter dem blauen Himmel der Costa Brava schätzte. Regelmässig lief er in seiner Freizeit Marathons und war topfit. Ein Schönling mit Tiefgang, dazu auch ein sehr guter Redner.

Lienhard war ihm intellektuell ebenbürtig, jedoch

war es bisher zu keiner direkten Konfrontation gekommen. Meier hatte Lienhard kürzlich in einem Interview
einen »Anti-Aufklärer« genannt. Ein Begriff, der Lienhard ärgerte, denn er sah sich selbst als das genaue
Gegenteil.

Kapitel Vierundzwanzig

Zwei Tage vor dem grossen Kongress in Luzern, am frühen Nachmittag, verliess Lienhard das Flacherdler-Büro am Bellevue-Platz und ging zur Strassenbahn. Er liebte diese Haltestelle, welche mit einem riesigen, flachen Rondell überdacht war und ihn an das Modell einer flachen Erde erinnerte. Als er nach oben blickte, sah er ein Graffiti in dicken, schwarzen Lettern: *Fuck the Globe!*

Der derzeitige Wandel war überall spürbar. Die Basis der Flacherdler wuchs stetig, während die Kugelerdler an Unterstützung verloren.

Vor zwei Tagen hatte in einem Steinbruch bei Zürich eine Bücherverbrennung stattgefunden: Eine grosse Menschenmenge hatte ihre Astronomiebücher und Atlanten, NASA-Bilder, Erdkugel-Fotos, Weltraum-DVDs, Weltkarten und Planeten-Poster sowie Hunderte Globen übereinander auf einem Scheiterhaufen gestapelt und dann angezündet. Das Feuer war kilometerweit sichtbar gewesen.

Doch auch die Kugelerdler waren nicht zurückhaltend. Eine Gruppe hatte einen bekannten Flacherdler abgepasst und dann verprügelt.

Die Kugelerdler waren im Grunde, wie die Flacherdler auch, eine sehr heterogene Gruppe. Einige Kugelerdler waren angefressene Astronomen wie Meier, die mit den Teleskop den Nachthimmel betrachteten und der Stadtverwaltung regelmässig Beschwerdebriefe wegen Lichtverschmutzung zuschickten. Andere Kugelerdler waren in Wirklichkeit ziemlich gleichgültig und interessierten sich nicht gross für die Vorgänge ausserhalb der Erde oder ausserhalb ihres Dorfes. Doch was die Flacherdler diesen Menschen voraus hatten: Sie waren nicht gleichgültig, denn schliesslich war es eine Bürde, sich als Flacherdler zu outen.

Er stieg in die Strassenbahn, setzte sich neben einen Teenager. Dieser blickte ihn an und sagte: »Ich kenne Sie vom Fernsehen. Wegen Ihnen lachen mich meine Mitschüler aus. Ich bin der Einzige, der noch an eine Kugel glaubt.«

In der Tageszeitung entdeckte Lienhard einen Artikel, der ihm gar nicht gefiel. Ein Investigativ-Journalist schrieb über sein angebliches Geheimprojekt. Zwar wusste der Verfasser nichts Genaues, aber er hatte das Observatorium in Chile ausfindig gemacht, in welchem Lienhards Team arbeitete.

Kapitel Fünfundzwanzig

Zuhause angekommen, erhielt Lienhard einen Anruf von José. Er und seine Kollegen befanden sich in der Sternwarte, von welcher im Zeitungsartikel die Rede war.

José wirkte nervös, sagte zu Lienhard, sie hätten eine Entdckung gemacht. Angelikas Team in der Antarktis habe Daten über das Satellitentelefon nach Chile geschickt und José habe dieselben Daten nochmals überprüft.

José redete schnell und fahrig und wechselte immer wieder vom Englischen ins Spanische, rief immer wieder »gigante descubrimiento!«, grosse Entdeckung! Er solle sich beruhigen, sagte Lienhard. Doch José wurde immer aufgeregter.

Nun war Rodrigo zu hören, der auf José beruhigend einredete und ihm schliesslich das Telefon aus der Hand nahm. Rodrigo war beherrscht, aber auch in seiner Stimme erkannte Lienhard helle Aufregung. Dennoch wollte auch er nicht am Telefon nicht preisgeben, worum es eigentlich ging. Es gäbe noch weitere Abklärungen zu machen und die Implikationen seien noch unklar. Er fragte, ob die Telefonleitung sicher sei. Vielleicht nicht, räumte Lienhard ein. Er bat Rodrigo, ihm die Daten zu schicken, verschlüsselt, damit er später die Informationen selbst ansehen konnte.

Aus der Ferne hörte er Autotüren, die zugeschlagen wurden. Durch die leicht geöffneten Jalousinen blickte Lienhard aus dem Fenster. Der schwarze SUV stand wieder auf dem Parkplatz. Vielleicht steckte der Investigativ-Journalist dahinter.

Rodrigo schickte ihm über eine sichere Verbindung einen Download-Link. Offenbar handelte es sich ein grösseres, umfangreiches Dokument.

Von draussen waren jetzt mehrere Männerstimmen zu hören. Instinktiv löschte er das Licht in seinem Arbeitszimmer und ging erneut zum Fenster, um nachzusehen.

Erstmals sah Lienhard, wer den SUV nutzte. Drei gut gekleidete Männer standen neben dem Auto. Sie sahen nicht wie Kugeledler aus, die vorhatten, Eier gegen sein Fenster zu werfen.

Die Männer standen direkt unter der Laterne. Der erste checkte offensichtlich sein Tablet. Der zweite telefonierte und zeigte auf das Mietshaus, in dem Lienhard wohnte. Der dritte hielt etwas in der Hand. Es sah aus wie eine Schusswaffe mit Schalldämpfer. Dann marschierten die Männer zielstrebig in seine Richtung. Er hatte höchstens zwei bis drei Minuten Zeit, um von hier zu verschwinden, denn er war sich sicher, dass ihn diese Männer entführen oder töten wollten.

Rodrigo rief nochmals an. Lienhard nahm nicht ab. Zuerst musste er jetzt das Dokument aus Chile sichern und mitnehmen. Die Männer durften es nicht auf seinem PC finden. Sie durften vor allem ihn nicht antreffen. Er steckte einen USB-Stick in den Desktop-

Computer und startete den Download, während er im fahlblauen Licht des Computerbildschirms das Nötigste zusammenkramte und in seinen Sportrucksack packte, gemeinsam mit Handy, Portemonnaie und Autoschlüssel.

Der Download war zu 73 Prozent abgeschlossen.

Rodrigo rief wieder an. Aus einem Impuls heraus nahm Lienhard den Anruf entgegen. Sein Team hatte vorhin die Sternwarte verlassen und fuhr nun offenbar in Josés Auto talwärts. Rodrigo erzählte, dass vorhin angebliche Angestellte der lokalen Energiefirma sie zum Verlassen des Gebäudes gezwungen hätten. Explosionsgefahr, Gasleck, hiess es. Hier gibt es keine Gasleitungen, hatte José erwidert. Daraufhin hatte man die drei Astronomen mit Gewalt aus dem Gebäude bugsiert.

Download-Fortschritt: 89 Prozent.

Die drei Astronomen hatten gerade noch ihre Notebooks mitnehmen können und einige wenige Unterlagen. Lienhard konnte nicht jedes Wort verstehen, denn die Telefonverbindung war schlecht. In der Einöde der chilenischen Wüste gab es etliche Funklöcher.

Wir werden verfolgt! hörte er José rufen.

Plötzlich war ein lauter Knall zu hören.

Lienhards Freunde schrien entsetzt.

Die Verbindung brach ab.

Lienhard blieb einen Moment wie gelähmt stehen. Dann gab er sich einen Ruck. Er konnte jetzt nichts für seine Freunde tun, ausser, die Daten an einen sicheren Ort zu bringen und die Polizei in Chile zu mobilisieren.

95 Prozent.

Er glaubte, die SUV-Kerle bereits unten vor dem Haupteingang des Mietshauses zu hören. Es gab keine

Chance mehr, die Wohnung über das Treppenhaus zu verlassen. Dennoch öffnete er die Haustüre, um den Anschein zu erwecken, er hätte die überhastete Flucht auf diesem Weg noch geschafft.

Der Download war abgeschlossen.

Er packte den USB-Stick und rannte zur Küche, welche direkt auf den Balkon zur Hofseite führte. Die Balkontüre besass ein Schloss, das sich von aussen arretieren liess. Er kletterte über das Balkongeländer und hangelte sich bis zum untersten Teil, an welchem er sich gerade noch festhalten konnte. Seine Füsse baumelten über dem Boden. Bis zum Boden des Innenhofes waren es ungefähr drei Meter. Als er hörte, wie sich die Stimmen näherten, liess er sich auf den Boden fallen. Der Rasen war weich und die Landung relativ sanft. Im Dunkeln tappte er leise voran, geschützt durch die Sträucher und Bäume, welche die Sicht auf ihn verdeckten. Nur kurz blickte er hoch zu seiner Wohnung. Dort brannte nun Licht. Schatten bewegten sich. Über vier weitere Gärten gelangte er schliesslich zu einem Ausgang. Sein Auto war ein paar Strassen nebenan parkiert. Niemand schien ihm zu folgen, und er verliess die Ortschaft zügig.

Lienhard fuhr einige Kilometer, bis er in einem Wald angekommen war. An einem Waldweg an der Strasse parkierte er sein Auto, schaltete alle Lichter aus. Nur die Mondsichel leuchtete, ansonsten war es stockfinster.

Er schaltete sein Handy ein.

Rodrigo hatte nicht mehr angerufen.

Wahrscheinlich wurde Lienhards Handy abgehört und man versuchte, es zu orten. Dennoch musste er umgehend sein zweites Team in der Antarktis warnen. Er schrieb an deren Satellitentelefon eine SMS mit einigen kryptischen Sätzen. Seine Freunde würden wissen, was zu tun war. Alle Menschen waren in Gefahr, die mit ihm in Kontakt waren. Er rief bei Frau Reber an, doch niemand antwortete. Also schrieb er ihr. Den Kongress würde er dennoch stattfinden lassen. Er würde dann sein geheimes Projekt offenlegen.

Nach einem Anruf bei der Polizei schaltete er sein Handy aus, zerschmetterte alle wichtigen Teile mit einem Stein und vergrub alles im feuchten Boden am Waldrand.

Lienhard stand noch immer unter Schock, doch er musste funktionieren. Er wusste, wer ihm nun helfen konnte.

Sofort fuhr er los.

Kapitel Sechsundzwanzig

Es war mittlerweile schon fast Mitternacht. Als Lienhard am Gebäude hochsah, entdeckte er Licht in einem der oberen Fenster, direkt unter der Kuppel. Jemand arbeitete noch im Turm in der Urania Sternwarte in Zürich, sehr wahrscheinlich Meier. Dieser war noch völlig ahnungslos, wusste nichts von Lienhards Besuch, auch nichts von der Bedrohung.

Tatsächlich fand er Einlass, als er klingelte. Meier empfing ihn direkt beim Liftausgang vor seinem Büro. Er wirkte erstaunt, aber gelassen. Müde sah er aus. Vermutlich hatte er bereits viele Stunden lang Berechnungen angestellt und durchs Teleskop geblickt.

»Kommen Sie herein«, sagte er nur. In seinem kleinen Büro roch es nach Kaffee. Lienhard blickte durch eines der kleinen Fenster. Man hatte von hier aus einen schönen Blick auf die Lichter der Stadt.

Lienhard erklärte ihm seine Lage und legte den Daten-Stick auf das Pult. Meier nickte. Er verabscheute die Flacherdler nachwievor und ärgerte sich darüber, wie erfolgreich Lienhard diese in den vergangenen Jahren aufgebaut hatte, doch er hatte sofort verstanden, wie kritisch die Situation war. Lienhard war ihm zudem noch immer eine Erklärung schuldig in Bezug auf den ganzen Flacherdler-Mist.

Haben Ihre Kollegen in Chile jetzt doch noch die flache Erde bewiesen und ist die NASA hinter Ihnen her?

Ihm lag eine solche Bemerkung auf der Zunge, doch er verkniff sich die Bemerkung. Stattdessen hörte schweigend Lienhards Schilderungen zu, während er die Pizza Hawaii genüsslich ass, die ihm der Nacht-Lieferservice vorhin gebracht hatte.

»Auch ein Stück?«, fragte er Meier.

»Nein, dafür ist keine Zeit. Ich muss Ihnen jetzt alles genau erzählen.«, sagte Lienhard nur und redete weiter.

Meier liess Lienhard weitererzählen und betrachtete den USB-Stick auf dem Pult. Lienhards verunglückte Freunde in Chile waren letztlich die Berufskollegen von Meier. Vielleicht war ihnen nun etwas Schlimmes zugestossen. Alles nur wegen der Daten auf diesem kleinen, unscheinbaren Speichermedium. Als Wissenschaftler und Mensch war es seine Pflicht, ihre Arbeit weiterzuführen.

Die Auswertung würde mehrere Stunden, vielleicht sogar mehrere Tage dauern. Lienhard redete weiter auf Meier ein. Dieser hörte geduldig zu.

Er ahnte nicht, wie fatal sein Zusammentreffen mit Lienhard tatsächlich für ihn sein würde.

Kapitel Siebenundzwanzig

Es war drei Uhr morgens. Nachdem sie mehrere Stunden miteinander geredet hatten, verabschiedeten sich die zwei Männer. Meier würde weiter an den Daten arbeiten. Lienhard machte sich auf den Weg nach Luzern, um sich auf den Kongress vorzubereiten. Die Bodyguards waren bereits organisiert.

Meier hingen war stur geblieben und hatte Lienhards Angebot nach Personenschutz abgelehnt. »Wir sind hier nicht im Agentenfilm«, hatte er nur gesagt. Er würde noch einige Zeit beschäftigt sein, um die Daten aufzuarbeiten und herauszufinden, welche Entdeckung Lienhards Team gemacht hatte.

Die Polizei fand in Lienhards Wohnung diverse Schmierereien an den Wänden. *Die flache Erde ist Bullshit!* und *Wir geben Euch Flacherdlern die Kugel!* Dazu persönliche Beleidigungen und Drohungen gegen Lienhard. Die Wohnung war von den Eindringlingen verwüstet worden, womöglich auch durchsucht. Fingerabdrücke hatte man nicht gefunden, dafür wiederum ein Bekennerschreiben der Gruppe *Globe Truth*, welche zuvor bekanntlich in die Flacherdler-

Zentrale eingebrochen war. Für die Ermittler war es ein klarer Fall von Fanatismus.

Lienhard glaubte keine Sekunde an diese Theorie. Die drei Männer, die er gesehen hatte, waren Profis. Sie hatten kühl und überlegt gehandelt. Sein Desktop-Computer war gestohlen worden. Er war mit einem äusserst komplexen Code geschützt, doch die richtigen Leute würden das Gerät vermutlich in einigen Tagen oder Wochen knacken können.

Unterdessen hatte die chilenische Polizei die Serpentinenstrasse, welche vom Observatorium ins Tal führte, abgesucht.

Man fand das Auto von Lienhards Team.

Es lag in einer 200 Meter tiefen Schlucht.

Keine Überlebenden.

Die Abklärungen der Behörden liefen schleppend. Lienhard hingegen hatte genug Geld, um eigene Ermittlungen anzustellen. Er würde die Verantwortlichen für den Mord an seinen Freunden finden.

Zunächst hatte er darüber nachgedacht, den Event abzusagen. Dann aber war ihm klar geworden, dass er ihn erst recht durchführen musste. Er war es Pavel, José und Rodrigo schuldig. Sie hatten monatelang an seinem geheimen Projekt gearbeitet. Dies durfte nicht umsonst gewesen sein. Er würde die Projektidee beim Kongress vorstellen.

Kapitel Achtundzwanzig

IN DEN FRÜHEN MORGENSTUNDEN DES NÄCHSTEN Tages, als der Himmel langsam vom lichtverseuchten Schwarz in ein lichtverseuchtes Dunkelblau wechselte, schreckte Meier von seinem Bürosessel auf. Ein lautes Piepsen hatte ihn geweckt. Sein Büro sah chaotisch aus; überall beschriftete Blätter und Computerauswertungen. Die leere Pizzaschachtel lag noch auf dem Pult.

Soeben hatte sein Computerprogramm die Auswertung beendet und signalisierte dies mit einem Ton.

Er betrachtete die Datentabelle.

Er erstarrte.

Dies konnte unmöglich zutreffen.

Die Daten, die ihm Lienhard gegeben hatte, erschütterten ihn zutiefst.

Er würde eigene Messungen vornehmen müssen, um alles zu verifizieren. Erst dann würde er seine Kollegen informieren. Dennoch druckte er einige der Daten aus, schrieb eine Notiz auf den Zettel. Das zusammengefaltete A4-Blatt legte er in ein Briefcouvert, adressiert an ein Postfach, von dem sonst nur

Lienhard wusste. Dann startete er ein weiteres Programm und liess den Computer rechnen.

Meier gab den Brief als Express-Sendung auf und holte sich dann ein Frühstück in einem Café in der Nähe der Sternwarte. Er war völlig übermüdet, hatte zwei Tage lang nonstop in seinem Büro gearbeitet.

Die Luft hier draussen war angenehm erfrischend und er setzte sich auf eine Parkbank und ass sein Sandwich, trank seinen Cappuccino, genoss die milde Morgensonne, versuchte, an nichts zu denken.

Zurück im Büro, stellte er weitere Berechnungen an und begann, seinen detaillierten Bericht am Computer zu schreiben, welchen er den Kollegen vorlegen wollte. Als Wissenschaftler war es sein Anspruch, einen kühlen Kopf zu wahren und rational an alles heranzugehen. Er würde so lange im Büro bleiben, bis die Berechnungen fertiggestellt sein würden. Seine Gedanken drehten sich nur noch um jene Daten. Wenn dies alles stimmte, würde diese Entdeckung die Welt erschüttern. Er hätte nie gedacht, dass die Flacherdler ihn jemals überraschen konnten. Nun war dies geschehen.

Irgendwann war Meiers Müdigkeit so grosss, dass er direkt in seinem Bürostuhl einnickte. Er fiel in einen tiefen, langen Schlaf. Ein ganzer Tag und eine ganze Nacht vergingen und danach eine Ewigkeit.

Als der Notarzt kam, lebte er noch, aber man konnte nichts mehr für ihn tun. Da er nicht zu seiner regulären Vorlesung am nächsten Tag gekommen war, wurde nach ihm gesucht. Ein Mitarbeiter der Sternwarte fand ihn schliesslich in seinem Büro, im Stuhl sitzend. Weitere Abklärungen zeigten, dass Meier seltsame Vergiftungserscheinungen aufwies.

Man konfiszierte seinen Computer, doch dieser war

passwortgeschützt. Es würde Wochen dauern, bis die
IT-Experten das Passwort würden hacken können.
Gegen Lienhard, welchen man auf den Bildern der
Überwachungskamera vor der Urania-Sternwarte
erkannte, starteten umfassende Ermittlungen. Ein Haft-
befehl wurde erlassen. Zu diesem Zeitpunkt jedoch
hatte bereits das Attentat auf den Kongress stattgefunden und mit dem Verschwinden Lienhards verlief
alles im Sande. Dafür fand man die Diebe der beiden
St. Galler Globen: Es waren dieselben Leute, welche
auch schon die Bücherverbrennung im Steinbruch
initiiert hatten. Beide Globen konnten sichergestellt
werden.

Kapitel Neunundzwanzig

M ITTLERWEILE BEDECKTE DIE D ÄMMERUNG DIE Landschaft, hüllte auch den Wohnwagen in Dunkelheit, in welchem Walser und Lienhard nun schon seit Stunden sassen.

Irgenwann hatte Lienhard dann doch begonnen, wieder zu reden. Er hatte Walser eine Kurzfassung der Vorgänge vor dem Attentat gegeben und auch am Rande von seinem Kletterunfall mit den Folgen erzählt. Sogar seine Reisehypothesen kamen in der Schilderung vor.

Walser blickte Lienhard nachdenklich an. Er hatte ihm nun lange schweigend zugehört und sich Notizen gemacht, auch einige seiner Notizen doppelt unterstrichen oder mit Fragezeichen markiert.

Denn warum Lienhard zum Flacherdler geworden war und was dies mit der Sonnenfinsternis an der Ägäis zu tun hatte, das war er Walser bisher schuldig geblieben. Noch immer war unklar, ob er nicht doch etwas mit dem Tod von Meier zu tun hatte. Jedenfalls fand Walser den Gedanken, dass die Mörder von Meier und Lienhards Team noch nicht gefasst waren, sehr beunruhigend.

Auch der Tresor blieb vorläufig geschlossen.

»Geben Sie es zu", sagte Lienhard, „Sie fürchten, dass ich recht haben könnte. Dass hier drin der Beweis für die flache Erde sein könnte.«

»Das wäre abwegig«, sagte Walser.

»So denken am Anfang alle«, sagte Lienhard, „halten die flache Erde für einen Witz. Dann recherchieren sie und sind schockiert.« Lienhard nahm Käse, Butter und Schinken aus dem Kühlschrank. Walser schwieg, während er half, den Tisch zu decken.

„Würde es Sie nicht erschrecken, wenn die NASA uns getäuscht hätte?« frage Lienhard.

»Es macht für mich keinen Unterschied, ob die Erde eine Kugel oder eine Scheibe ist«, sagte Walser, „Hauptsache, sie dreht sich."

»Aber es wäre doch absurd, wenn die Welt ganz anders wäre.«, sagte Lienhard. Er hielt Walser frische Brötchen vor die Nase, die er offenbar am Morgen gebacken hatte. Sie rochen wunderbar. Walser nahm eines. Lienhard schien sich hier oben gut eingerichtet zu haben.

»Ich bin kein Philosoph«, sagte Walser und schmierte sich ein Brötchen.

»Ich auch nicht«, sagte Lienhard. »Ich bin nur jemand, der gemerkt hat, dass etwas nicht stimmt. Ich habe in den vergangenen Jahren fast alle Länder der Welt gesehen, aber die Erde habe ich dabei nicht gefunden.«

»Die Erde…«, wiederholte Walser mit einem ironischen Unterton.

»Ich habe Ihnen von meiner Brockhaus-Liste erzählt. Absurder als die Welt, die ich damals vorfand, war die Tatsache, dass offenbar niemand sonst die Welt absurd fand«, sagte Lienhard und biss in sein Brötchen.

»Dann ist es vielleicht auch nur Ihr Problem. Vielleicht sollten Sie es einfach gut sein lassen und die anderen Leute damit nicht behelligen«, sagte Walser trocken.

»Wenn es doch nur so einfach wäre. Dann würden wir beide nicht hier sitzen. Die Tatsache, dass soviele Leute an die flache Erde glauben, zeigt, dass etwas mit dem alten Weltbild der Kugelerde nicht stimmt«, sagte Lienhard.

»Vielleicht stimmt ja mit Ihnen etwas nicht. Und vielleicht stimmt mit den Leuten etwas nicht, die Ihnen glauben. Sie tischen den Menschen eine spannende Geschichte auf über irgendwelche Verschwörungen. Die glauben es. So einfach. Sie machen aus etwas Altbekanntem etwas vermeintlich Neues, eine brisante Geschichte«, sagte Walser und schmierte sich das nächste Brötchen.

Wenn Lienhard ihn hatte vergiften wollen, hatte er dies schon längst getan, daher kam es auf dieses Brötchen auch nicht mehr an.

»Ja, so ist es«, sagte Lienhard, »ein altes Thema wird brisant.«

Kapitel Dreißig

DIE ZEIT NACH SEINEN VIELEN REISEN HATTE
Lienhard gut genutzt. Schnell war er in der Bank
aufgestiegen und ins Kader gewählt worden. Als
Experte für Finanzen hielt er regelmässig Vorträge und
er genoss es, erfolgreich zu sein. Seine Brockhaus-
Aktivitäten waren längst passé.

Als Finanzexperte wurde Lienhard immer wieder
für Vorträge gebucht, so auch jetzt im Herbst für ein
internationales Seminar für Finanzplaner. Der Event
fand in einem kleinen Badeort in der Türkei statt.

Lienhard verliess das Hotel an seinem freien Tag
gegen Mittag und las das A4-Blatt auf der Eingangstüre. *Watch today: SUN ECLIPSE!!! From 11:30 AM
to 3:15 PM. Buy our special SUN GLASSES at the
reception desk. Ask Mr. Arslan.*

Die Veranstalter hatten das eintägige Seminar zeit-
lich so gelegt, dass die Teilnehmer am Folgetag die
Gelegenheit hatten, sich bei Interesse eine Sonnenfinsternis anzusehen, welche von der Türkei aus gut
sichtbar sein würde. Lienhard hatte seine Brockhaus-
Strichliste lange nicht mehr angesehen, jedoch war für

ihn klar, dass er sich dieses seltene Ereignis nicht
entgegen lassen würde.

Draussen flimmerte bereits die Luft. Ein heisser
Tag, doch die Touristen schienen sich daran nicht zu
stören. Viele von ihnen waren dem kühlen Herbst-
wetter in Westeuropa entflohen, um hier nochmals ein
bisschen Sommer zu geniessen. Der Strand war bereits
gut besucht, Leute badeten im Wasser oder sassen auf
dem Strandtüchern.

Lienhard betrachtete durch die Sonnenfinsternis-
Brille die vom Mond abgedeckte Sichel. Es dauerte
nicht mehr lange bis zur totalen Sonnenfinsternis.

Plötzlich ging ein Raunen durch die Menge. Die
gesamte Umgebung erschien in einem seltsamen Licht.
Welch schweres Braun der filigrane Holzsteg hinaus
aufs Meer auf einmal offenbarte. Doch vor allem die
Vegetation hinter dem Strand, das Grün der Bäume,
hatte sich verändert, selbst das Weiss der entfernten
Berge.

Er hatte so etwas noch nie gesehen.

Farben einer ungekannten Intensität.

Lienhard fröstelte, es war merklich kühl geworden.
Die Luft roch nach Abend, feucht, erdig. Etwas flog
sehr knapp über seinen Kopf hinweg, eine Fledermaus.
Die Sonnenfinsternis verlieh diesem exotischen,
luftigen Ferienort etwas Herbes, das er sich nicht
erklären konnte, vielleicht noch am ehesten erinnerte
ihn alles, jetzt in dieser neuen Coolness an ein Bild von
Edward Hopper.

Eine seltsame Stimmung der Sensation lag in der
Luft, aber Lienhard fühlte sich etwas matt, gar
verwundbar, vom epischen Vorgang degradiert. Ihm
fiel ein, dass in Nordamerika früher die Krieger des
Chippewa-Stammes bei einer Sonnenfinsternis jeweils

brennende Pfeile der verdunkelten Sonne entgegen-
schossen, um sie neu zu entfachen.

Er bemerkte weitere Besonderheiten, welche dieses
Ereignis an diesem ehemals hellichten Vormittag nun
mit sich brachte: voreiliges Abendrot am Horizont.
Einige Sterne, vielleicht auch Planeten, schienen sich
an den Tageshimmel verirrt zu haben, leuchteten etwas
verloren vor sich hin.

Eben noch zwitschernde Vögel verstummten jäh.
Dann raste am Boden ein Schatten mit der Geschwindigkeit eines Düsenjets auf die Leute zu und das Licht
ging ganz aus. Obwohl Lienhard es besser wusste,
erschrak er und einen Augenblick lang empfand er
denselben Reflex wie die Chippewa-Krieger.

Nun verstummten auch die Grillen.

Die Nacht war da.

Wenn das Universum überhand nimmt, dachte er.

Selbst den Schaulustigen hatte es für einige
Momente die Sprache verschlagen. Man hörte ein paar
Kinder weinen.

Irgendwann waren erste, gebündelte Lichtstrahlen
sichtbar, welche den Himmel wieder hellblau machten.
Ein weiteres Raunen ging durch die Menge, dann ein
Jubel, ein paar Leute applaudierten sogar. Nach
wenigen Minuten hellte sich alles wieder merklich auf.
Die Sonnenfinsternis war nun mehr oder weniger
vorbei, fast wie ein Spuk.

Die Menge verteilte sich wieder und die aufkom-
mende Hitze trieb die Leute ins Wasser, die nun in der
gleissenden Nachmittagssonne baden, als sei nichts
gewesen.

Er sah sich um: Nun war die Gegend wieder, was
sie zuvor gewesen war, bar aller Strenge, ein durch-
schnittlicher Touristenort, von einer normalen Sonne

beschienen, der Sonne des Südens. Endlich wieder eine süffige Destination für alle Sonnenhungrigen, welche der grassierenden Frühlings-Kaltfront des Nordens entfliehen wollten und die sich über Animationsprogramme im Hotel freuten.

Auch Lienhard begann, an der nun prallen Sonne sofort wieder zu schwitzen und ging zurück in den Schatten der Bäume, welche noch vor wenigen Minuten ebenfalls Zeugen dieses Ereignisses gewesen waren und es durch ihr Blätterwerk hindurch in Form von Sicheln auf den Boden projiziert hatten.

Er blickte auf die Ferien-Bungalows in der Ferne, auf die Palmen in der Mittagssonne, spazierte dann einige hundert Meter durchs Hinterland.

Tiefblau strahlte der Himmel durch die Baumkronen. Der Himmel war nun wieder zur Hintergrundkulisse für das eigentlich Wichtige verkommen; die Geschichten der Menschen. Irgendwo hinter den Sträuchern hörte er Touristen plaudern und lachen. Alles war wieder normal.

Die Grillen zirpten wieder.

Ein paar Sperlinge flatterten aus einem Baum zurück in den gewöhnlichen Himmel.

Entlang seines Trampelpfades roch es nach Baumharz. Der Boden schmorte unter der heftigen Hitze, doch atmete er auch die salzige, schwere Luft ein, die vom Meereswind hergetragen wurde. Mit jedem Schritt trat er auf vertrocknete Piniennadeln, die raschelnd unter seinen Füssen nachgaben. Es war ihm nicht unangenehm, auf diesem Klangteppich zu gehen, vielmehr erzeugte das Knistern, das Knacken beim Druck auf die Nadeln in ihm eine ganz eigene Art der Zufriedenheit. Alles war wieder gut, altbekannt. Es raschelte. Kleine Eidechsen, die es hier im

Überfluss gab, huschten vor seinen Füssen zurück ins Gebüsch.

Von einem entfernten Tennisplatz war das regelmässige Plopp...Plopp satt geschlagener Bälle zu vernehmen und er roch die allmählich verdunstende Sonnencrème auf seinem Gesicht.

Über ihm der knallblaue Himmel.

Der Mond, der nun wieder sichtbar war, wirkte flach und blass. Dennoch konnte Lienhard mit blossem Auge das Meer der Stille erkennen, auf dem damals Apollo 11 gelandet war. Ein fremder Himmelskörper, auf den Menschen ihren Fuss gesetzt hatten.

Er konnte nicht einordnen, was ihn störte, doch etwas fühlte sich falsch für ihn an, etwas stimmte nicht.

Die Erde ist flach, wusste er plötzlich.

Kapitel Einunddreißig

Auch Tage später nach seiner Entdeckung kam er nicht in die Gänge, versuchte sich abzulenken und wieder normal zu werden, doch es funktionierte nicht.

Noch als sein Flugzeug von Antalya nach Zürich in den Steigflug übergegangen war, hatte er aus dem Bullauge geschaut und damit nicht aufgehört, bis die Flughöhe erreicht war und beinahe trotzig hatte er sich selbst zu beweisen versucht, dass die Erde da draussen nicht flach war und er eine Erdkrümmung sehen konnte.

Doch seine Erkenntnis liess sich nicht rückgängig machen und war völlig unabhängig davon, was er durch dieses verdickte, abgerundete Glas sehen oder nicht sehen würde.

Er würde die Welt nicht mehr so sehen können wie zuvor.

Die Sonnenfinsternis hatte alles verändert.

Das Vexierbild war in die falsche Richtung geschnappt.

Das Debakel mit der Sonnenfinsternis hatte ihm

arg zugesetzt. Er war noch immer wie benommen von dem Gedanken, der ihn nach der Sonnenfinsternis und beim Betrachten des Mondes erfasst hatte.

Die Sonnenfinsternis, dieses gigantische Jahrhundert-Ereignis, hätte die Krönung all seiner Reisen sein können, doch stattdessen hatte sie etwas in ihm ausgelöst, das ihm nicht gefiel.

Er war verzweifelt.

Am Samstag Morgen spazierte er planlos durch seine Heimatstadt, ohne ein bestimmtes Ziel vor Augen zu haben. An einem Bauernhaus-Schopf hingen Werbeplakate für die Gemeinderatswahlen und der Jodelclub suchte neue Mitglieder.

Alles war völlig normal hier.

Nichts war aussergewöhnlich.

Er umrandete die Ortschaft zu Fuss auf Feldern, vorbei an einer kleinen Überlandleitung. Mehrere Dutzend Raben waren säuberlich auf den fünf Kabeln aufgereiht und verteilt, sozusagen Noten auf einer Notenlinie.

E-G-EE-BBBBBBB-FFF-E-FFF-E-G-F.

Er ging weiter über Felder und Nebenstrassen, noch eine Weile lang begleitet von ihrem Krächzen, durchquerte einige Dörfer und weitere Felder und betrat schliesslich eine Sportanlage.

Die Luft roch bereits nach Herbst.

Über die rote Tartanbahn, welche die Fussballmatte umgab, schritt Lienhard zum getrimmten Rasen und ging dort in die Hocke, betrachtete aus dieser Perspektive das Stadion. Hochgeklappte Sitze drüben bei den Zuschauerrängen. Ein Graffiti an einer Betonmauer. Daneben ein dochtförmiger Ahorn, der in Flammen stand; oben hatte ihn schon das Rot, unten hielt sich noch das Grün. Über Lienhard ein opaker, blauer Himmel. Der Abwart wischte den Boden, trug eine komische Zipfelkappe.

Die Welt oder zumindest dieser kleine Weiler im Zürcher Unterland war mit sich im Reinen.

Eine Joggerin drehte auf der Laufbahn ihre Runden, und als sie das Tempo erhöhte, peitschte ihr Pferdeschwanz schnell in einer U-förmigen Bewegung von links nach rechts, wie dies nun mal die Schwerkraft vorschrieb.

Alles ist völlig normal und wie immer, dachte Lienhard. Mit einem Mal erschienen ihm alle seine Überlegungen zur flachen Erde als Hirngespinste. Er blickte auf den gepflegten Fussballrasen, riss ein paar Halme aus, die sich kühl und ein wenig feucht anfühlten, und er spürte, wie das Gras zirpte zwischen seinen Fingern, als er es so langsam aus der Erde zupfte.

Es fühlte sich so normal an.

Mit einem Mal war er bereit, sich wieder den normalen Menschen anzuschliessen, alles so zu akzeptieren, wie es war, ohne es weiter zu hinterfragen.

Als wolle er Lienhards Überlegungen rund um die Harmlosigkeit der Welt unterstützen, fuhr soeben am Stadionrand der Zipfelmützen-Abwart auf seinem kleinen Quad vor, mit welchem er drei verzinkte Müllcontainer hintereinander ins Schlepptau genommen hatte. Gemächlich zog er sie hinter sich her, kleine Zug-Waggons in einem Miniatur-Land, eine Art Sightseeing-Lokomotive für Müllsäcke.

Hätte es ein harmloseres, alltäglicheres Schauspiel als dieses geben können?

Lienhard atmete auf.

Doch dann stach ihn der Hafer, und er konnte nicht

widerstehen und musste wieder versuchen, die andere, die ungewöhnliche Sicht einzunehmen und zu überlegen, was ihn denn so sehr an der Sonnenfinsternis gestört hatte. Und da fiel es ihm wieder ein.

Die grösste Legende von allen befremdete ihn erneut, dieses Märchen der Erdkugel, diese absurde Idee einer Erdkugel, eines Planeten, und auch das Berühren des Grases half ihm nun nicht mehr, und er fragte sich, ob er jemals wieder eine Beiläufigkeit empfinden konnte bei allem, was er sah angesichts der grössten Legende der Welt, der Erdkugel.

Noch vor dem Mittag besorgte er sich spontan ein Mietauto und fuhr zunächst an den Greifensee, wanderte dort ein wenig unentschlossen herum, schaute sich das weitläufige Land an, ein riesiges Plateau.

Er mochte die Regio.

Wie wohltuend sie ist, dachte er, schöne, beruhigende Provinz.

Mittlerweile hatten sich zahlreiche dicke, weisse Wolken am blauen Himmel des helllichten Tages gesammelt. Auf dem Land, auf weiter Flur; so wirkt die Landschaft harmlos, ging ihm durch den Kopf.

Wie umfassend die Landschaft doch sein, wie sie einen Menschen doch völlig vereinnahmen konnte. Freilich war das Zürcher Oberland nicht so ergiebig wie die Taiga, die Landschaft der Mongolei, oder wie das beinahe endlose Outback Australiens oder auch wie das Meer, aber für einen Menschen reichte es, dass man sich völlig von der Landschaft vereinnahmt fühlen konnte. Und man ist willig, dachte er, man lässt sich widerstandslos verschlucken, denn man zweifelt die Grösse der Landschaft ja nicht an, die Welt genügt sich selbst, jedenfalls am Tag.

Nur gerade dann, wenn man den Globus auf dem Tisch anschaute, dann stellte sich die Frage nach der Weite des Zürcher Oberlands natürlich nicht mehr, dann hätte auch Lienhard kein einziges Wort über diesen winzigen Ort verloren.

Die kleine Landschaft.

Das kleine Wetter.

Es gab nur die Welt.

Nichts anderes, nichts da draussen, alles andere war eine Mär.

* * *

Als er merkte, dass er noch immer angespannt war, beschloss er, eine weitere Fahrt mit seinem Mietauto zu machen. Vielleicht würde ihm ja eine eher fremde Schweizer Landschaft mehr Entspannung verschaffen als das vertraute Zürcher Oberland. Am besten irgendwo zentral in der Schweiz, in der Mitte des Landes.

Rund zwei Stunden später erwischte er in Luzern gerade noch die *MS Winkelried*, eines der Kursschiffe auf dem Vierwaldstättersee. Gemeinsam mit Rentnern, einer Gruppe indischer Touristen sowie einer Handvoll Schweizer Familien mit unterschiedlichen Dialekten, sass er auf dem Aussendeck. Er blickte aufs Wasser. Undurchdringlich und zähflüssig schwappte das Türkiswasser bei der Station Vitznau, ein lichtdurchfluteter Pudding.

»Wie tief ist es hier bis zum Grund?« fragte ein vielleicht 6jähriges Mädchen nebenan die Grossmutter.

»Tief. Sehr tief«, lautete die Antwort.

»Wie tief? 100 Kilometer?« fragte das Kind weiter, wobei die Grossmutter eine Antwort schuldig blieb.

Der Vierwaldstättersee mit seinem Bergmassiv schien ihm wie ein Bollwerk, eine Zitadelle inmitten einer ungewissen Welt.

Vielleicht konnte sich sein Blick in der Innerschweiz ja ausruhen. Die Innerschweiz war unverdächtig, harmlos, in sich geschlossen. Denn zentraler als in der Zentralschweiz konnte er als Schweizer ja gar nicht weilen. Die fjordähnlichen, in den See eingreifenden Buchten hier, das waldige Umland mit den massigen Bergen – er wähnte sich mitten in einer Postkarte und verstand für einen Moment die ausländischen Touristen, welche diesen Schweizer Kitsch possierlich und hübsch fanden.

Bei tiefstehender Abendsonne legte das Schiff schliesslich wieder in Luzern am Quai an. Er blickte ein letztes Mal auf den See. Quellwolken über Uri.

Nach einem spontanen Besuch in einem nahegelegenen Kino, in dem die *Matrix*-Trilogie lief, fand er nachts eine verregnete Stadt vor.

Kühl war es geworden und Nacht.

Das Herbstgewitter war bereits auf dem Rückzug, der Regen nicht.

Donnergrollen in der Ferne.

Blätter am Boden.

Es roch nach feuchtem Asphalt und immer mehr grosse Regentropfen fanden den Weg zu Lienhard, liefen ihm am Hemdkragen vorbei in den Nacken. Er beeilte sich, zum Parkhaus zu gelangen und als er ziemlich durchnässt ins Auto stieg, rief ihm ein Taxifahrer auf dem Parkplatz nebenan in gutmütigem Ton zu: »Scheisswetter, was?«

Lienhard lachte und sagte: »Ja, verflixter Regen.«

Doch eigentlich liebte er neuerdings jede Art von

Regen. Wenn es regnete, schien die Welt noch mehr in sich geschlossen und fernab jedes Ungeheuerlichen zu sein. Stattdessen ein seichtes Ärgernis, eine urbane, verregnete Normalität, die mit platschenden Autoreifen auf nassem Asphalt vor sich her dümpelte, gelassen und ohne Arg.

Bei seiner Autofahrt blickte er auf die nasse Strasse, auf diesen flachen Boden, auf dem sich das weiche, gelbliche Licht der Autoscheinwerfer spiegelte, er betrachtete auch den weissen, unterbrochenen Mittelstreifen und die ausgebesserten Löcher am Asphaltboden, die er überfuhr. Später eine dicke, teilweise abgeblätterte, gelbe Zickzack-Zeichnung auf der Strasse, welche auf die Bushaltestelle hinwies. Die Strassenlampen brannten längst, doch ohne Hoffnung, einen Fremden je glauben machen zu können, dass morgen ein neuer Tag beginnen würde und sie die Vorhut der Sonne wären. Mickrig beleuchtete Menschenwelt, dachte er.

Er fuhr und fuhr auf dieser Strasse, immer weiter geradeaus, ohne zu einem Ziel zu gelangen.

Verdammte flache Erde, dachte er.

Immer wieder tauchten Strassenschilder auf sowie vereinsamte, orange blinkende Verkehrsampeln an den ausnahmslos verlassenen Kreuzungen.

Plötzlich sah er die Ortschaft als einen fremden, ihm unsympathischen Ort an, fremdgeworden durch die Nacht, durch das Wetter, seine Stimmung. Keine Naturlyrik hätte ihn jetzt trösten können an diesem Ort der alten Nacht, im Gegenteil. Ohne das Tageslicht, dachte er, fehlt diesem Ort hier jegliche Harmlosigkeit und Behaglichkeit, denn alle Selbstverständlichkeit war nun von ihm abgeblättert wie die Farbe von der

Bushaltestelle vorhin, und darunter zeigte sich schaudervoll die alte Erde.

Das Auto, die einzige Heimat, dachte er jäh und wusste, dass ihn jetzt nurmehr Radio-Autowerbung hätte beruhigen können, die ausmalte, wie wohlig behütet man in einem Auto sass und wie nett und frei man sich fühlte, wenn man den alten Boden mit motorisierter Hilfe bezwang. Er schaltete das Radio ein. Auf einem italienischsprachigen Kanal ein ABBA-Lied, unbeschwert und solchen Gedanken fern. Wie überzeugend normal alles war. Es bestand tatsächlich kein Grund zur Panik. Gerade auch dieser federleichte Song, den er schon so oft gehört hatte, war dafür beste Bestätigung.

Heute war eine normale Nacht in der Schweiz, so wie immer.

Gute alte Schweiz, dachte er zerstreut.

Alles war tatsächlich in bester Ordnung, und ihn umringten doch lauschig jegliche typischen und vertrauten Selbstverständlichkeiten des alltäglichen Lebens. Ihn aber überkam ein Unwohlsein, da er sich vorstellte, wie er bald schon das Auto verlassen und die momentane Sicherheit aufgeben würde, sobald er rausging nach draussen an diesen ihm fremd gewordenen Ort. Er hatte, so seltsam dies klang, ein mulmiges Gefühl beim Gedanken an die nächtliche Landschaft, deren finsterer Schlund ihn beim Aussteigen sofort auch verschlucken würde.

Was war los?

Scheute er neuerdings den Schatten der Nacht, nur, weil er gross war?

Instinktiv drückte er weiter aufs Gaspedal.

Er musste Land gewinnen.

Als er mit seinem Auto das Ortschild Luzern hinter

sich liess und auf der Autobahn fuhr, erschloss nur der Strahl seiner Autoscheinwerfer den Raum vor ihm.

Mit einem Mal hatte er keine Lust, zurück nach Zürich zu fahren, und nahm stattdessen die nächste Autobahnausfahrt in Richtung Süden, ohne Sinn und ohne Bestimmung. Es befanden sich nur wenige Autos auf der E35. Es tat gut, nachts die Kilometer auf der Autobahn abzuspulen und um Mitternacht mit fettem Aufblendlicht durchs Land zu preschen.

Durch das nun geöffnete Fenster roch er die Würze der frisch gemähten Wiesen.

Unangenehm war ihm gerade der Gedanke an einen zu langen Aufenthalt in irgendeiner Ortschaft. Hauptsache sicher im Auto. Er schätzte das Gefühl des Provisorischen, und wenn es etwas gab, das er in dem Moment hasste, dann war es der Gedanke an einen Stillstand.

Die Bewegung war sein Halt.

Alles Unstete kam ihm in diesem Moment sehr entgegen. Im Auto durch die Orte zu fahren, auch bei Nacht, in der Nacht alleine zu sein, da war es gut, in einem Fahrzeug zu sein und in gewisser Weise entrückt zu sein von jedweder Hinfälligkeit.

In der Ferne Hochhäuser in der Nacht.

Obgleich er kein Raser war, genoss er das verwischte Grau der Mitternachts-Sträucher, an denen er nun vorbeifuhr, er mochte das Rauschen der Luft, die er mit 120 Stundenkilometern durchschnitt und er schätzte die zeitweilige Monotonie der Autobahn, welche er weiterhin mit Radiomusik zu überbrücken verstand. Ihm gefiel auch der Blick auf die grünen, beleuchteten Autobahntafeln am Strassenrand, die anzeigten, dass die Distanz zwischen ihm und der nächsten grösseren Ortschaft stetig kleiner wurde und dass alles hier unter Kontrolle war, denn die Landschaft war gut bewirtschaftet. Er liebte es, von keinem dieser Orte *Altdorf - Erstfeld - Dilenen - Andermatt*, deren Namen jeweils auf den Ausfahrtsschildern prangten, vereinnahmt zu werden. Ihn umklammerte momentan kein Ort, dafür war er jetzt zu flüchtig.

Die Schweiz war so klein und man konnte sie so schnell durchfahren, dieses Mini-Land Schweiz, bestehend aus sovielen Städten, Gemeinden, Strassen und Hausnummern. Wunderbar fragmentierter Ort, der ihn die Weite lehrte, der ihn über die wahre Natur der Erde hinwegtäuschte.

Der Ort als Medium des Reisens, er war nur wichtig in seiner Funktion, die Namen der Orte waren daher wichtig, weil sie der Orientierung dienten und die Namen beruhigten ihn sehr. Nicht umsonst gab es die Flurnamen. Auf einmal befremdete ihn die Ortschaft, die er gerade durchfuhr.

Er dachte: welch eine desolate Fahrt, welch eine ungastliche, abweisende Landschaft ohne jegliche Poesie, und er fühlte sich, als er wieder zurück an Frau Reber dachte, in diesem Moment verdammt einsam.

Den falschen Menschen zu lieben, war eine brotlose, dümmliche Kunst, doch nur, wenn damit eine Hoffnung verknüpft war. Diese war längst verklungen und die Spannung, dass auf Paris etwas folgen würde, war seit Jahren verflogen. Er war sogar ein wenig erleichtert, denn jede Zuneigung, die er nun noch für diesen Menschen hatte, würde sich selbst nicht mehr wichtig nehmen, sondern nur noch diesem Menschen gelten, pur, ohne Anspruch, ohne Erwartung.

Er wusste gerade nicht, ob er glaubte, was er dachte, aber er spürte eine tiefe Verbundenheit mit diesem Menschen, ein Wohlwollen, das grösser war als er. In der Woche zuvor hatte er zufällig im Hotelzimmer in der Türkei eine BBC-Sendung über die 15'000 km lange Reise der Unechten Karettschildkröte gesehen, dann auch etwas über Käfer und Orang Utans. Dabei hatte er eine seltsame Sympathie empfunden, zu allen Lebewesen, konnte sich ihm nicht entziehen, diesem unerträglich zerbrechlichen, unschuldigen Leben, über das er die Hand halten wollte. Eine Ode an die Welt, eine Ode an Frau Reber und ihre Milde.

Es war mittlerweile zwei Uhr morgens und er fuhr und fuhr einfach immer weiter, chaotisch, ziellos. Irgendwann durchfuhr er den Gotthard-Tunnel, wurde von ihm nach Airolo kanalisiert, fuhr weiter, bis er schliesslich an einer Autobahnausfahrt nahe Lugano eine Tankstelle im Neonlicht fand. Eine helle Insel der Glückseligkeit. Im Shop roch es nach frisch aufgebackenem Brot und Automatenkaffee. Ein Popsong dudelte vor sich hin. Er kaufte sich ein paar Getränke, ein kleines Käse-Schinken-Sandwich und ein Cailler Schoko-Branchli mit einem Brötchen, dazu eine Flauschdecke, nahm sich einen Kaffee aus dem Automaten.

In der Nähe fand er einen Parkplatz. Es war ihm ganz recht, kein Hotel zu haben. Das Unverbindliche gefiel ihm. Im Halbdunkel mampfte er sein Sandwich, trank vom dampfenden Kaffee aus dem Pappbecher und betrachtete den noch baumelnden Anhänger seines Zündschlüssels über seinem Knie. Sein Auto: ein 220 PS starkes Kraftpaket, das jederzeit gestartet und von diesem Ort fortbewegt werden konnte, ein Gefährt, das in 8,5 Sekunden von Null auf Hundert beschleunigte, wenn nötig.

Die Wolken waren noch da, teilweise aber zerrissen. Einige Sterne waren sichtbar und sogar einige der Sternbilder.

Sternbilder.

Ihm gefiel der Ausdruck, denn automatisch dachte er sich die einzelnen Sterne als Punkte in einem "Malen nach Zahlen"-Buch.

Es wurde eine unruhige Nacht mit einem oberflächlichem Schlaf, durchdrungen von den Gedanken an die flache Erde.

Als er nun aufwachte kurz vor der Dämmerung und mit der Hand über die beschlagene Autoscheibe wischte, sah er die leeren Parkplätze um ihn herum. Nur auf dem angrenzenden Parkfeld hatte sich jemand niedergelassen. Genau neben seinem Mietwagen, einem platzraubenden, schwarzen Lexus RX 400 h, hatte ein weisser Fiat Panda parkiert, so wie ein hilfesuchendes, kleines Tier inmitten eines dunklen Dschungels vertrauensvoll und anschmiegsam die Sicherheit eines grösseren, gutmütigen Tieres suchte, das zufällig am selben Ort schlief.

Nach einem Kaffee und einer Bretzel in einer Bar, fuhr er nach Locarno, sah ein Schild: *Zum Planetenweg*, war neugierig. Direkt am Lido begann ein rund 6 km langer Weg, der ihn bis zur Gemeinde Tegna führte, immer dem Fluss entlang. Während seiner Wanderung fiel ihm wieder das Mädchen auf dem Vierwaldstättersee-Dampfer ein und seine Frage nach der Tiefe des Sees.

Er startete bei der Sonne und ging immer weiter. Merkur, Venus, Erde, Mars waren schnell, nach wenigen Minuten, erreicht. Jupiter dauerte etwas länger. Saturn nicht so sehr. Doch Uranus liess lange auf sich warten, sehr, sehr lange. Lienhard ging und ging und war sich nicht sicher, ob er ihn schon irgendwie verpasst hatte. Dann, nach etwa einer Stunde, fand er ihn. Fünfzehn Minuten später gelangte er zu Neptun. Auf einem Infoschild stand, dass man für den nächstgelegenen Fixstern weitere 40'000 km wandern müsste.

Kapitel Zweiunddreißig

DIE SONNENFINSTERNIS HATTE LIENHARD VÖLLIG AUS der Bahn geworfen.

Als Erstes kündigte er seinen Job.

Er erstellte einen Jahresplan zu allen anstehenden kosmischen Ereignissen, die weltweit beobachtet werden konnten.

Um sich warmzulaufen, würde er nun nochmals auf die Dimensionen eingehen und nachbauen, was er auf dem Planetenweg im Tessin gesehen hatte.

Behelfsmässig legte er sich sein eigenes Sonnensystem zurecht. Aus dem Schlafzimmer holte er sich einen Gymnastikball und erkor ihn zur Sonne, liess die Sonne dann in seiner Wohnung liegen, ging zum benachbarten Parkplatz in ungefähr 40 Metern Entfernung. Dort legte er ein Hanfsamen-Korn ab. Das war Merkur. Doppelt soweit entfernt, platzierte er eine kleine, bräunliche Murmel: Venus. In weiteren 20 Metern Entfernung legte er eine grössere blaue Murmel auf den Boden. Die Erde. Ein Stecknadelkopf wurde zum Mond. Er machte 80 Schritte und legte einen Kirschkern auf den Boden. Der Mars. Etwas mehr als einen halben Kilometer entfernt von seiner Wohnung, platzierte er einen Schaumstoffball. Jupiter. Für Saturn nahm er einen Pétanque-Ball und legte ihn ungefähr einen Kilometer von seiner Wohnung entfernt ab. Doppelt so weit entfernt, platzierte er einen Pingpongball (Uranus). Einen weiteren Kilometer weiter weg, legte er schliesslich noch einen Pingpongball auf den Boden. Neptun.

Um sich jedoch die Milchstrasse zu vergegenwärtigen, reichte dieser Massstab nicht mehr. Lienhard musste nun dieses Konstrukt verkleinern. Das ganze Sonnensystem wurde zur Stecknadel. Er ging zu einem Fussballplatz. Dies war die Milchstrasse. Er steckte die Stecknadel in den Boden vor dem Tor, denn hier war der äussere Orionarm der Milchstrasse.

Doch auch diese Verkleinerung musste er erneut verkleinern. Die *Milchstrasse* war nun der Stecknadelkopf und das beobachtbare Universum hätte einen Radius von 443 km umfasst.

Lienhard rief sich ins Gedächtnis, dass die *Milchstrasse* zusammen mit dem *Andromedanebel* und der *Magellanschen Wolke* sowie 38 anderen Galaxien zur *Lokalen Gruppe* gehörte, welche einen Radius von rund drei Millionen Lichtjahren besass. Sie war ihrerseits Teil des *Virgo Superhaufens*, dem einige Tausend Galaxien angehörten. Durchmesser: 150 Millionen Lichtjahre. Er wurde vom Superhaufen *Hydra Centaurus* mitgezogen, welcher im Schlepptau einer noch gigantischeren Gravitationsquelle war, dem *Grossen Attraktor*. Und dieser wiederum war auch nur wieder ein Teil von einer noch grösseren Struktur, den Filamenten und Voids, einem Netz aus vielleicht einer Billion Galaxien. Wiederum bastelte sich Lienhard einige Modelle zusammen, diesmal mit Sand. Im

Verlaufe eines Tages konnte er so allmählich die verschiedenen Grössenverhältnisse durchexerzieren.

Nur die absolute Anzahl Sterne im Allgemeinen konnte er mit diesem Trick leider nicht annähern, denn er hatte irgendwo gelesen, dass alle Strände der Welt nicht genügend Sand hätten, um dies zu repräsentieren. So gab er nach einer Stunde entnervt auf, liess das alles so liegen, und ging ins nächste Reisebüro. Schon am nächsten Tag flog Lienhard via Dubai nach Maskat. Dort angekommen, wanderte er vierzehn Tage lang zu Fuss mit Beduinen durch die Einöde, immer entlang der Ränder der *Rub al Chali* - Wüste. Er stieg über die endlosen Sandberge, machte Rast an ihrem Fusse, ging um sie herum, vermass ihren Umfang in Schritten, doch dies alles ohne Fortschritt. So charterte er ein Propellerflugzeug und liess sich stundenlang über die Dünen fliegen, um die Weite und die Dimensionen besser zu ermessen. Unter ihm das monotone Muster der ockerfarbenen Hügel und tiefen Schatten, bis hin zum Horizont. Er blickte also hinab auf die gewaltigen, teilweise 300 Meter hohen, massigen Dünen und versuchte, sich die einzelnen Körner darin vorzustellen, aufgeschichtete Sonnen.

Kapitel Dreiunddreißig

Viel Zeit war vergangen seit Lienhards Aufenthalt in der Rub al Chali - Wüste.

Er spazierte auf der von Linden gesäumten Bahnhofstrasse in Zürich, vorbei an Blumenläden, Konfiserien und Kleidergeschäften, von denen einige mit kleinen Heuballen, Kürbis-Arrangements und viel Orange, Gelb und Rot den Herbst ersannen.

Es war Freitag, kurz vor 17 Uhr. Noch war es recht hell. Bald würde die Dämmerung hereinbrechen. Die farbigen Blätterlampions der Stadtbäume, durch welche am späten Nachmittag die grosse Kerze noch so warm und rot geglüht hatte, würden bald erlöschen.

Er ging zum Quai am Zürichsee, blickte auf die wellige Fläche. Alles hier war ihm so vertraut, aber er fühlte sich fremd hier.

Er ging über die Quaibrücke zum Bellevue, vorbei auch am Café Odeon, in dem schon Max Frisch sass, ging die Rämistrasse rauf, bis er zu einem kleinen Park kam. Dort setzte er sich auf eine Parkbank, direkt neben einem Brunnen, betrachtete die vorbeifahrenden Autos und Trams.

In der Stadt also der dichte, zusammengewachsene Asphalt, nicht zu vergessen die Tramschienen, die ihre Selbstverständlichkeit allein der Tatsache zu verdanken hatten, dass sie eingebettet waren in die Strassen, welche eigentlich nirgendwo ein Ende nahmen, sondern wie angegossen passten an die Gehsteige und Plätze. Und die mit gelben Zebrastreifen und weissen Strichen bemalten Strassen also, welche einem das Gefühl vermittelten, sie seien schon immer dagewesen, wie auch der dressierte Rasen und die massigen Häuser, wie auch die betagten Brunnen und die grossen Parkanlagen, denn all dies war längst erschlossener Boden, urbaner Trug auf einer ehemaligen Mondlandschaft. Vor ca. 240 Millionen Jahren bestand der Boden in der Umgebung von Zürich lediglich aus Graniten und Gneisen, dann kam das Weltmeer und nun befand sich hier also Zürich.

Die Stadt war wahrlich sehr gut organisiert; jeder Zentimeter Boden braucht seine Berechtigung und war beglaubigt, er hatte eine bestimmte Funktion, war Trottoir, Blumenrabatte oder Strasse, ansonsten meist institutionalisiert als Fundament für die zahlreichen Häuser. Nichts erinnerte auch nur im geringsten an die Oberfläche, die mal dort war, an den alten Boden, nichts benannte die Kugel, auf der es stand, nichts wies hin auf die Blindfahrt des Schiffs, denn der Seegang war ruhig.

Was den Planeten verriet: der Trabant morgens über Dietikon, Der Grosse Wagen nachts über Zürich. Was den Planeten nicht verriet: die Tramschienen, die Bahnhofstrasse. Die domestizierte Erde.

Wenn einem der Frühlingsduft entgegenweht, die Kirschblüten im Wind wiegen, die wattigen Wolken über den Himmel fortgetragen werden, wer möchte da hellhörig werden und argwöhnen? dachte er sich. Die vereinnahmende Gegenwart der Welt, beispielsweise der Anblick der vorbeifahrenden Autos beim Bürkliplatz, dieses silbrigen Fiats und dahinter des blauen Mitsubishis mit der Luzerner Autonummer.

Vorne, über der Tankstelle, die fernen Sonnen. Dann auch die Bäume und die Kioske. Alles war so wunderbar irdisch und der alltäglichen Welt zugewandt, die Erde ist zwar ein Himmelskörper, aber vor allem Welt, denn, wen kümmerte die fremde Himmelswildnis?

Doch wenn in einigen Jahren der Raum gefügig gemacht worden sein würde, urbar für das Reisen, und wenn selbst die Filamente an Übersichtlichkeit, ja, Überschaubarkeit gewonnen haben würden und man durch sie hindurchfliegen würde oder zumindest detailliert mit Google Universe bereiste, würde sich wohl zeigen, dass nichts von alledem mehr würde zählen können als das warme Lachen einer geliebten Person. Und doch zog es ihn dorthin, zu dieser fremden Welt, die für ihn immer unerreichbar bleiben würde.

Man kam nicht umhin, dachte er, die Welt anzuerkennen und ihre Tagesgeschäfte zu beherzigen angesichts ihrer Geschäftigkeit und Fülle, ihrer Gegenwart und Unmittelbarkeit, doch vor allem angesichts ihrer Selbstverständlichkeit und Tradition, jenen üblichen Merkwürdigkeiten, die einen ganz vereinnahmen.

Wenn man einfach mal innehielt, vielleicht an einem ruhigen Stadtsonntag, wenn wenig Verkehr war und man auf dem Gehsteig einer Strasse stehenblieb und beobachtete, wie der Wind durch die Stadtbäume rauschte und man hier und da Fahrradfahrer sah, wie sie gemütlich auf dem Asphalt fuhren, wenn man sich für einen Moment den Ort vergegenwärtigte, an dem dies sich alles abspielte, dann war es doch seltsam.

Dieser Kontrast erschien ihm irgendwie zauberhaft. Die Filamente und Strukturen, die mit Lichtjahren handelten. Und hier dieser so beschauliche, schöne Brunnen direkt an der Rämistrasse 14 in Zürich, oberhalb des Paradeplatzes, nahe beim Café Odéon, harmlos. Vespas standen hier abgestellt. Die Bäume gelb, ein Indian Summer in Zürich, lieblich.

Letztlich kam es einfach nur auf die Richtung des Blickes an. Von den Filamenten ausgehendend, wirkte die Rämistrasse 14 in Zürich sehr surreal. Wie konnte es eine Rämistrasse 14 geben innerhalb einer Galaxie? Handkehrum, wenn man so auf die Rämistrasse blickte: War das Universum nicht einfach eine Legende? Mittlerweile war es dunkel geworden. Lienhard sass noch immer beim Brunnen. Er wusste plötzlich nicht, was ihm surrealer vorkam, die Filamente oder die Rämistrasse angesichts der Filamente.

Morgen früh würde er nach Cape Canaveral fliegen.

Kapitel Vierunddreißig

LIENHARD HATTE WALSER IN KÜRZE VON DER Sonnenfinsternis und von den Geschehnissen danach erzählt.

»Cape Canaveral? Sie reisten zur NASA?«

»Shuttle-Flug«, sagte Lienhard nur.

»Simulator?« fragte Walser.

»Nein, Realität«, sagte Lienhard, »für einen Flug um den Mond«, sagte Lienhard.

»Das kann doch keine Privatperson bezahlen«, sagte Walser.

»Ein Wal schon«, sagte Lienhard.

»Ein Wal?« fragte Walser.

»Es lief gut für mich in den vergangenen Jahren. Ich hatte fünf Millionen –«, begann Lienhard, wurde aber von Walser unterbrochen: »Fünf Millionen Schweizer Franken für eine Mond-Umrundung? Damit könnten Sie nicht einmal eine Postkarte zur Internationalen Raumstation hochschicken.«

»Nein, ich hatte fünf Millionen Bitcoin, fünf Millionen Stück. Ich war ein Wal im Kryptowährungs-

Teich. Habe alles auf dem Höhepunkt verkauft«, sagte Lienhard.

Walser erinnerte sich an den Höchstwert des Bitcoins. Eine Million pro Stück, vielleicht sogar mehr.

»Und wie war es?« fragte Walser, ohne weiter auf Lienhards Bitcoin-Geschichte einzugehen.

»Zwei Tage lang flogen wir hin zum Mond, umrundeten ihn einen Tag lang und flogen dann wieder zwei Tage lang zurück. Das war alles«, sagte Lienhard.

»Das war alles?« fragte Walser lachend.

»Ja«, sagte Lienhard nur.

»Wenn Sie mir keinen Beweis zeigen, glaube ich Ihnen kein Wort«, sagte Walser.

»Ich kann alles beweisen«, sagte Lienhard, »es gab zudem Jahre danach ein Datenleck. Deshalb hatte ja auch Meier davon erfahren und mich zur Rede gestellt.«

»Warum flogen Sie zum Mond?«, fragte Walser.

»Weil ich es konnte«, sagte Lienhard.

»Wollten Sie die flache Erde mit eigenen Augen sehen?« fragte Walser.

»Nein, im Gegenteil«, sagte Lienhard, »ich wollte die Erde von ihrer Zweidimensionalität befreien. Weg von den Fotos. Endlich etwas Wahrhaftiges sehen.«

Er legte die blaue Murmel auf den Tisch.

Kapitel Fünfunddreißig

ALS NACH DEM ATTENTAT AUF DEN FLACHERDLER-Kongress die Verletzten ausreichend versorgt und auch seine Wunden leidlich zusammengeflickt worden waren, tauchte Lienhard unter. Denn die Täter würden ihn weiter jagen. Er musste sich von anderen Menschen fernhalten, da er sie sonst in Gefahr brachte.

Mittlerweile war erwiesen, dass er über Monate ausspioniert worden war. Jeder, der mit ihm in Kontakt stand, befand sich im Fokus der Attentäter, also auch Frau Reber. Er hatte sie zwar damals gewarnt, doch sie hatte ihm eine Nachricht zukommen lassen, dass sie ihn treffen wolle in Sevilla, er wisse schon, wo. Danach war sie nicht mehr erreichbar gewesen.

Es war 16 Uhr. Als erster Gast war er nun im selben Flamenco-Lokal wie damals, doch unter anderen Vorzeichen, als Gejagter. Er betrachtete die Räumlichkeiten: Alles sah noch genauso aus, wie er es in Erinnerung hatte. Auf derselben Sitzbank wie damals nahm er Platz.

Die Ermittlungen der Polizei verliefen im Sande. Weder das Attentat auf den Flacherdler-Kongress noch den Mord an Meier konnten durch die Indizien erklärt werden.

Schon die kleine Bombe hatte eine beachtliche Druckwelle erzeugt und Holz und Metallteile durch die Luft geschleudert. Ein Stück Metall steckte danach in seinem Knie und sein Gesicht hatte von umherfliegenden Holzsplittern tiefe Schrammen abbekommen. Obschon beide Bomben direkt neben ihm platziert worden waren, war er glimpflich davongekommen. Die erste Bombe war erst gar nicht hochgegangen und die zweite hatte aufgrund einer Fehlfunktion nicht die ganze Zerstörungskraft entfaltet.

Seit dem Attentat publizierten die Medien immer neue Enthüllungen und spekulierten viel. Er würde Frau Reber alles erzählen. Sie würde seine Beweggründe endlich verstehen. Ihre damalige Unterschrift bei der Sammlung der CERN-Mitarbeiter hatte ihn sehr getroffen. Dennoch ging es jetzt nicht um ihn, sondern um die Sicherheit von Frau Reber.

Der Raum füllte sich und Lienhard behielt den Eingang im Auge. Er würde Frau Reber auch bei Schummerlicht sofort erkennen, wenn sie den Raum betrat. Seine Bodyguards waren positioniert und überwachten die Umgebung.

Die Zeit verging und bald war 21 Uhr. Sie hätte schon längst hier sein müssen. Er wartete weiter. Die Flamenco-Lieder kamen und gingen, doch Frau Reber blieb fern.

Selbst, als die letzten Gäste gegangen waren und die Barmänner damit begannen, die Stühle auf die Bänke hochzustellen, den Boden zu wischen und die Lichter auf der Bühne zu löschen, blieb Lienhard sitzen und wartete. Er wartete die ganze Nacht.

Die Schweizer Tagesschau erwähnte es am

nächsten Tag beiläufig. Am Dienstag Nachmittag war auf der Strasse vom Flughafen in die Stadt Sevilla ein Lieferwagen mit überhöhter Geschwindigkeit unterwegs gewesen. Der Mann rammte ein Taxi mit voller Wucht von der Seite und beging danach Fahrerflucht. Der einheimische Taxi-Fahrer und der weibliche Fahrgast, eine Schweizerin, waren sofort tot. Zweifel aufgrund der weiteren Details ausgeschlossen. Einige TV-Bilder, wie die Helfer die Strasse von den Splittern und Gepäckstücken säuberten und wie einer von ihnen ratlos etwas in der Hand hielt, das er vom Boden aufgehoben hatte, ein rotes Buch von Camus.

Kapitel Sechsunddreißig

Es hiess, Frau Reber sei noch bei Bewusstsein gewesen, als die Ambulanz kam.

Sie habe sich bewegen können, aber sei einfach am Boden liegen geblieben und habe in die Sonne geblickt, als wolle sie noch so viel Licht wie möglich mitnehmen.

Nach dem Verlust all dieser Menschen war Lienhard von einem seltsamen Gefühl ergriffen, einer merkwürdigen Art der Ernüchterung. Die Tage nach dem Unfalltod von Frau Reber vergingen schnell und erstaunlich leicht, sodass Lienhard von seiner eigenen Gelassenheit enttäuscht war, doch in den Tagen, die folgten, zeigte der Schmerz seine Mächtigkeit.

Indes, während dieser trotz allem auch etwas Reinigendes, vielleicht sogar Erlösendes an sich hatte, ein Gewitter, das tosend über ihn hinwegbrach, vermied Lienhard Wehmut und Sentimentalität, denn er wollte nichts mit deren bittersüsser Oberflächlichkeit zu schaffen haben, die sich ihm andiente.

Das eigentlich Grauenhafte blieb sehr subtil.

Das eigentlich Grauenhafte liess sich nicht

beschreiben, es kam und ging und lehrte Lienhard wahre Einsamkeit.

Er wusste, es würde sich möglicherweise in der Zukunft auch wieder Schönes ereignen, von dem er Zeuge sein würde oder in das er sogar involviert sein mochte, doch würde es belanglos bleiben. Kein Glück würde ihn jemals wieder im Innersten erreichen und sei es noch so erbaulich. Eine tiefe Kraftlosigkeit umhüllte ihn und er fragte sich, für wen er dies alles überhaupt noch machte.

Sonnenuntergänge von grosser Schönheit und bauschige Wolken wie ein Gemälde hatten sich ihm seitdem des Öfteren dargeboten, ebenso wie die Niedlichkeit kleiner Katzen und der Geruch von Sommerregen, und auch das Geräusch des Windes im Schilf, als wolle ihn das Schicksal trösten, und er nahm alles dankbar an, aber dachte bei sich: die Welt, eine kalte Schönheit.

Seine ganze Agenda war nun durch die Ermordung dieser Menschen besudelt und ad absurdum geführt worden.

José war knapp 23 Jahre alt gewesen, ein junges Mathematik-Genie, das sich an der Universität gelangweilt und daher für Lienhards Projekt gemeldet hatte. Rodrigo, ein promovierter Astronom, war vor zwei Monaten zum ersten Mal Vater geworden. Pavel, der Kontakte zu diversen Raumfahrt-Unternehmen besass, war Lienhards Verbündeter der ersten Stunde gewesen und hatte mit ihm das Geheimprojekt aufgegleist. Lienhard dachte auch an Meier, der ihm trotz seiner Fehde gegen die Flacherdler geholfen hatte und der wegen seines Engagements nun ebenfalls tot war.

An Frau Reber hingegen dachte er nicht viel.

Er wäre sonst verrückt geworden.

Mit all seinem Geld hätte Lienhard den Mond nicht nur tausendfach umrunden, sondern kaufen können, doch war niemand da, um es im Austausch gegen diese fünf Leben entgegenzunehmen.

Frau Reber war damals ihrer Berufung nach Indien gefolgt und er hatte ihr Hilfsprojekt anonym unterstützt, diskret, blind und mit der nötigen Zurückhaltung. Allein das Wissen, dass es diesem Menschen dort gut ging, wo er sich befand, hatte ihn all die Jahre beruhigt. Doch nun war Frau Reber nicht mehr in Indien. Einige Male hatte er Panik verspürt. Die Flacherdler waren ihm egal, sein Geheim-Projekt in Chile war ihm egal, selbst die brisante Entdeckung seiner Astronomen-Freunde war ihm egal.

Die flache Erde interessierte ihn nicht mehr.

Er verfrachtete seinen Wohnwagen auf die Alp und lebte vier Wochen lang auf diesem Rastplatz wie ein Eremit, sagte, tat und dachte nichts, das ihm zuvor noch so wichtig gewesen war und für das er gekämpft hatte.

An den stillen Abenden stand er draussen auf dem Campingplatz, sah er das beleuchtete Tal, dachte sich seinen Teil, wenn er in den schwarzen Abgrund mit den kleinen Lichtern vor sich schaute.

Hier war nur mehr verbrannte Erde.

Wie sollte einer die ganze Welt retten wollen, wenn er gleichwohl den einen geliebten Menschen nicht mehr retten konnte.

Lienhard war ein König Midas des Drecks, hatte die Welt retten wollen und dabei seine Freunde und Vertrauten zu Staub zerfallen lassen.

Es war eine Sisyphusarbeit, das Irreversible, Endgültige daran zu erfassen.

Lienhard ging in sich, meditierte und blickte das

Panorama anerkennend an, doch es war nicht so, dass er einfach Yoga machte und wieder zu sich fand. Die Kräutertinktur für das waidwunde Tier hatte keine Wunder gewirkt, wie es die Gesellschaft gerne gesehen hätte, der die Trauer schnell lästig wurde. Er kam nicht geläutert vom Berg zurück, sondern nur schweigend.

Er war versehrt worden und würde dies bleiben und er würde nie verstehen oder vergeben, wie etwas so Schönes, wie ein Augenblick erlöschen konnte, der Blick von Augen, die kürzlich noch die Welt gesehen hatten; ein weiches, barmherziges Lebewesen, das beiläufig dem Erdboden gleichgemacht worden war vom Schuhabsatz eines Titanen. Frau Reber, dieser kluge, gütige Mensch, mit dem er kürzlich noch telefoniert hatte, jener Geist, der noch vor Wochen sein gesamtes Denken gleichermassen der Quantenphysik als auch dem Schutz der Schwachen gewidmet hatte, war nun vernichtet, als wäre er einen Dreck wert.

Am harten und kalten Stein konnte einer zerbrechen.

Was die Zeit mit uns allen machte.

Nichts Gutes.

Er wusste, trotz allem hatten er und diese Menschen ihre eigene Geschichte. Ein Umstand, der ihn nicht erfüllte, doch was ihn daran rührte, war die Verbundenheit mit allen anderen. Hauptsache, es trugen sich Dinge zu und Wesen hatten ihre Geschichte, ihre eigene Abfolge von Kausalität. Mehr konnte man von diesem Planeten schliesslich nicht erwarten und wenn man erst einmal tot war, vergingen schon mal ein paar Millionen Jahre.

Erst einige Wochen später nahm er wieder das A4-Blatt von Meier zur Hand. An diesem weissen Blatt klebte Blut. Das Leben guter Menschen war wegen der

Zahlen auf diesem Papier aus der Welt geschafft worden, doch mit jedem Tag, der verstrich, wurde das Dokument in Bezug auf seine Brisanz und Nützlichkeit entwertet, während das Blut haften blieb.

Ihm fiel seine damalige Irrfahrt ins Tessin ein, der Moment, in dem er damals an die 15'000 km lange Reise der Unechten Karettschildkröte gedacht hatte, und sogleich vermutete er, dass er die Welt wohl nicht mehr liebte, aber noch genügend mochte, um sie zu behüten, auf dass sie nicht zuschanden werde – und sei ihr Behüten auch nur zu Ehren der Verlorenen.

Kapitel Siebenunddreißig

3:19 UHR. *RAUMSCHIFF ENTERPRISE*. WALSER WIRD durchhalten, die ganze Nacht. Science-Fiction-Filme erhöhen die Akzeptanz für aussergewöhnliche Ideen, hat er mal gelesen. Sogar B-Movies seien ok. Eine nützliche Arbeitsteilung: Die Nerds kämpfen sich mit der Machete durchs Zukunftsdickicht und bahnen Trampelpfade für die Masse. Wie die Flusspferde im Okavango-Delta.

... Lucy, Limitless, X-Men, ... E.T., Infected, Das Ding aus einer anderen Welt, Under the Skin, Skyline ... Odyssee im Weltraum, Interstellar, Ad Astra, Mission to Mars, Ender's Game, Pitch Black – Planet der Finsternis, Solaris..... Zurück in die Zukunft, Timeline, 12 Monkeys, Looper, Timerunner, Clockstoppers, Timecrimes....... Screamers, Terminator, Blade Runner, Automata, Westworld...

Walser würden noch weitere Titel einfallen, doch er ist zu müde.

4:15 Uhr. Schnabeltiere auf National Geographic. Schnabeltiere. Einfach Schnabeltiere. Dem ist nichts hinzuzufügen.

5:30 Uhr. ARD: *Die Welt der Winde. Mistral - Der Herrscher der Provence.*

Inzwischen ist seine bisher immer bleierne Müdigkeit von einem wattigen, dumpfen Gefühl verdrängt worden. Das Bedürfnis nach Erholung verdichtet sich und wenn er nicht wachsamer ist, wird er nächsthin dem Schlaf anheimfallen, zumindest einem Sekundenschlaf.

Alles, was ihm der Fernseher zeigt, befremdet ihn auf eine seltsame Weise. Ihm erscheint nur noch alles verrückt auf dem Bildschirm, je mehr er auf die Dinge starrt. Diese ganze Welt erscheint ihm absurd, dieses wuselnde Leben auf dem Stein. Es ist vielleicht derselbe Effekt, den er manchmal beim Betrachten seiner Muttersprache erlebt, wenn Walsereinen Zeitungsartikel schreibt und ihm ein Wort plötzlich komisch erscheint, sobald er es mehrmals liest oder dieses laut oder besonders schnell oder besonders langsam vor sich hersagt oder es einfach nur besonders genau ansieht. Dann kommen ihm manche Wörter abwegig vor, es kann eigentlich jedes Wort treffen. Kein Wort ist davor gefeit. Wort.

Er holt sich ein Käse-Sandwich aus dem Kühlschrank und brüht sich nochmals einen Kaffee auf. So lange er kann, wird er wachbleiben. Er möchte nicht den Ausschaltknopf betätigen und vor einer schwarzen Mattscheibe sitzen, weg vom Schuss sein, eine Panoptikum-Pause machen. Die Vorstellung, dass dereinst alle Sehenswürdigkeiten, die der Fernseher bietet, jäh beendet sein werden, befremdet ihn und er denkt, dass selbst das wahllose Rumzappen besser ist als ein schwarzer Bildschirm. Nein, auf keinen Fall möchte er den Fernseher ausschalten, Hauptsache, überhaupt irgendetwas spielt sich ab auf der Mattscheibe und spiegelt sich auf unserer Netzhaut wider.

Dieses blaue Flimmern, das eine ganze Welt in sich trägt, denkt er.

Ich will mir die Welt jetzt einverleiben, an ihr festhalten und stets an ihr teilhaben, sie nicht aus den Augen verlieren. Der Fernseher soll ewig laufen. Es ist gewaltig, dass dies alles unumgänglich vergänglich ist, doch bin ich manchmal froh. Ich ass Bananen, Orangen, auch Schwarzwäldertorte, ich kannte viele, ich ging im See baden, denkt er.

6:45 Uhr. Walser erfährt auf BBC: Gürteltiere haben einen feinen Geruchssinn.

Man denkt, man kennt die Welt. Doch dann ist sie einem plötzlich fremd.

Es kommt und geht und packt dich wie ein Raubtier im Genick. Es überfällt dich, mal bei einem Glas Wein, mal nur im Vorbeigehen. Du denkst, du kennst die Welt, aber dann befremdet sie dich und du fragst dich, wie du die Sterne jemals arglos betrachten konntest, und ich weiss nicht, was mich mehr erschreckt, die unmenschliche, vor drei Minuten zustande gekommene Weite, die ernstzunehmende Gegenwart des Raumes, oder aber meine bis dahin ungestrafte Arglosigkeit meines Blickes.

Ihm fällt ein altes, kartoniertes Schwarzweiss-Foto ein, welches er kürzlich in einem Antiquariat im Zürcher Niederdorf gesehen und fast gekauft hätte. Das Bild, anno 1901, war etwas vergilbt mit einem Sepia-Effekt und zeigte eine junge Katze mit schräg gestelltem Kopf und neugierigem Ausdruck in ihrem kleinen Gesicht. Darunter stand: *A wonder in her eyes.*

Einmal, als ich vor vielen Jahren eines Morgens in Zürich an einem Taxi vorbeiging, dessen Fahrertür geöffnet war, huschte mir ein Duft in die Nase, der vom Autoleder stammte, aber auch vom am Vorderspiegel baumelnden Tannenbäumchen aus Karton und Tannenholzparfum. Dieser Geruch hatte etwas so Selbstverständliches, Aufgeräumtes, dass ich mich noch lange über die Erinnerung daran freute.

Ein anderes Mal, ich sass einige Zeit vor Sonnenuntergang an meiner Bachelor-Biologie-Arbeit in einem gemieteten Lernzimmer, welches sich im Turm einer stillgelegten Brauerei befand, blickte ich nach draussen und sah, wie sich die glühende Abendsonne im geöffneten Fenster eines ca. 2 km entfernten Hochhauses spiegelte. Das grelle Rot, das zwickende Licht, es war nicht bissig genug, um meinen Augen zu schaden. Ich blickte lange Zeit dorthin, ohne mich davon lösen zu können, und wunderte mich, von welch eigenartiger Schönheit dieses reflektierende Fenster zu zeugen vermochte. Daran konnte ich mich nicht sattsehen. Es hatte etwas so Warmes.

Mein versatiler Blick.

Bildet er sich wegen der Müdigkeit etwas ein oder spürt er eine leichte Erschütterung im Wohnwagen? Ist da ein seltsames Geräusch, ein Brummen? Er könnte nach draussen gehen, um nachzusehen, doch er bleibt sitzen.

Die Erde ist flach.

Die Sonne müsste bald aufgehen; mein Harren im Morgengrauen. Seltsam scheint das Licht durch das Wohnwagenfenster zur güldenen Stunde.

Sehen, sehen, sehen möchte ich. Und glauben. Die Welt sehen und glauben, wirklich glauben, diesen auf einen Punkt konzentrierten Ort und das, was ihn umgibt, alles sehen, in mich aufsaugen, mit den Augen umarmen. Alles, ewig. Mit ewigen Facettenaugen.

Seine Hände umschliessen fest die warme Kaffeetasse und er atmet tief ein.

Es existiert da, an diesem frühen Mittwoch Morgen im Oktober, eine kleine, kostbare Welt, nicht ahnend, wie schön sie strahlt, wie zart.

Kapitel Achtunddreißig

»DAS IST ALSO IHRE FLACHE ERDE«, SAGTE WALSER,
als er die blaue Murmel in die Hand nahm.

»Die Sonnenfinsternis zeigte mir damals, dass für
mich das Weltall immer nur ein Ammenmärchen
gewesen war, so, wie ja auch all die anderen Objekte
im Brockhaus, die von Anfang an unerreichbar
gewesen waren. Wegen der Sonnenfinsternis begriff
ich, dass dies alles für mich nur ein unterhaltsames
Schauspiel war, ein abstrakter Vorgang, aber nichts,
das mir zeigte, dass die Erde gleichzeitig dieser kleine
Punkt im Weltall war, wie dies alle behaupteten. Kein
Planet, auf dem ich mich wähnte, sondern nur eine
Plattform, auf welcher sich unsere Geschichten abspie-
len, ein netter Ort mit Bäumen und Häusern und
Wiesen. Die Erde war flach. So wie auch das Weltall.
Alles nur ein Bild, zweidimensional. Deshalb half ich
den Flacherdlern. Um die Leute aufzurütteln. Damit sie
die Welt mit neuen Augen sehen, nicht mehr das leere
Bild.«

»Was bezweckten dann Ihre Teams in Chile und in
der Antarktis?« fragte Walser.

»Wir sammelten Daten«, sagte Lienhard, »um eine völlig neue bildliche Darstellung der Erde und des Sonnensystems zu etablieren. Mit Hunderten von Sonden und einer völlig neuen Art, die Erde zu zeigen. Ein ganz besonderer Live-Stream. Diese neuartigen Bilder wären für alle zugänglich gewesen und hätten die Sicht der Menschheit auf die Welt revolutioniert.«

»Aber trotzdem wären dies nur Bilder gewesen, die Sie geliefert hätten«, sagte Walser.

»Das ist wahr«, sagte Lienhard, »deshalb hätte jeder Teilnehmer am Kongress einen kostenlosen Shuttleflug von mir erhalten. Eine Gratis-Runde um den Mond. Ich beabsichtigte, der Raumfahrt das Elitäre zu nehmen und das Weltbild zu demokratisieren. Das wollte ich am Kongress als Neuigkeit verkünden. Doch dann kam die Bombe.«

»Aber dann verstehe ich nicht, wer Ihnen und Ihrem Team nachgestellt hat«, sagte Walser.

»Es war wegen der Daten, die mein Team gefunden hatte. Killer-Kommandos wurden auf uns angesetzt, um uns daran zu hindern, alles zu veröffentlichen. Dabei hatte ich dies gar nicht vorgehabt. Am Kongress hatte ich die Daten, die Meier entschlüsselt hatte, noch nicht gekannt. Doch die Drahtzieher wollten kein Risiko eingehen«, sagte Lienhard.

»Aber für welche Daten würde sich ein Mord lohnen? Was sahen Sie, als Sie die Erde vom Mond aus sahen?« fragte Walser.

»Die Daten, die mir Meier geschickt hat, werden die Welt verändern – sie sind hier drin im Tresor«, sagte Lienhard.

»Und die Killer-Kommandos?« fragte Walser.

»Meine Angestellten haben sie aufgespürt, auch die Leute im Hintergrund«, sagte Lienhard.

»Dann sind wir jetzt sicher?« frage Walser.

Lienhard schwieg für einen Moment und atmete tief ein. Es schien beinahe, als müsse er sich sammeln, um die Information selbst glauben zu können, die er Walser nun mitteilen würde.

»Als meine Freunde in Chile die Echtzeitdarstellung der Planeten evaluierten und diverse Messungen vornahmen, um das Projekt zur Mond-Umrundung zu planen, fanden Sie zufällig auch diese Daten –«, sagte Lienhard und begann, am Zahlenschloss des Tresors zu drehen. Als sich dieser öffnete, nahm er ein A4-Blatt heraus. Es war das Blatt, welches ihm damals Meier geschickt hatte. Er legte das Papier vor Walser auf den Tisch. Dieser las es mehrmals durch. Darauf stand neben tabellarischen Daten der Name eines riesigen Asteroiden.

»Das Blatt zeigt die Variablen und die möglichen Szenarien, auch die Wahrscheinlichkeiten. Und das Ausmass«, sagte Lienhard, »man vergleicht es mit den Dinosauriern.«

Walser wurde kreidebleich.

»Und was jetzt?« Walser fiel zu dieser Gefahr biblischen Ausmasses keine klügere Frage ein. Er schluckte leer.

»Deshalb darf die Erde nicht flach bleiben. Wir müssen das Weltall ernstnehmen, es aus seiner Abstraktion befreien, nicht erst in solchen Momenten«, sagte Lienhard und fuhr dann weiter fort: »Selbstverständlich haben wir damals vor einem Jahr sofort den Bundesrat informiert, doch der wusste es natürlich schon, genau wie alle anderen Regierungen weltweit es wissen. Es gab nur einfach keine Breaking News, sondern eine internationale Vereinbarung zur Geheimhaltung. Alle wurden zum Schweigen gebracht, sogar Whistleblower-Webseiten.«

»Was jetzt?" fragte Walser hilflos.

»So einfach wie im Film Armageddon lässt sich das Problem nicht beheben, doch ohne jegliche Hoffnung drehen die Menschen durch, plündern, morden, bald stürzen Aktienkurse ins Bodenlose, Deals kommen nicht zustande, der Handel und die Produktion erlahmen, die Arbeit wird niedergelegt, Wirtschaften brechen zusammen und Hypotheken werden nicht mehr bezahlt, Regierungen kollabieren, Anarchie herrscht. Die Welt fällt in sich zusammen, noch bevor das Eigentliche geschieht. Das wollten diese Leute verhindern und uns vorsorglich zum Schweigen bringen«, sagte Walser.

»Und was jetzt?«, fragte Walser wieder.

»Die Regierungen haben ihr eigenes Dispositiv bei solchen Szenarien. Doch falls alle Stricke reissen und Sie fragen, wie es sein mag, denken Sie an die Filme *Deep Impact* und *2012*. Nur ein kleiner Teil der Menschheit könnte evakuiert werden: Präsidenten, Superreiche, Nobelpreisträger, Fortpflanzungsfähige, Junge und so weiter", sagte Lienhard.

»Und Sie?« fragte Walser. Endlich war ihm eine neue Frage eingefallen.

»Ich habe mich damals, als ich nach dem Attentat wieder handlungsfähig war, mit anderen Superreichen zusammengeschlossen. Gemeinsam haben wir unser gesamtes Vermögen investiert, um alternative, verrückte Lösungsmöglichkeiten zu finden. Wir haben Physiker, Nerds, Visionäre, Spinner und Technikfreaks zusammen an einen Tisch geholt und alle erdenklichen Science-Fiction-Lösungsideen der Welt sehr ernstgenommen«, sagte Lienhard.

»Waren Sie erfolgreich?« fragte Walser mit schwerer Zunge. Sein Mund war staubtrocken.

»Das wird sich zeigen, denn niemand war auf so etwas Reales vorbereitet, obschon die Menschheit schon in Dutzenden Katastrophenfilmen darüber fabuliert hat. Wir können jetzt nur abwarten, ob unser Plan greift«, sagte Lienhard.

Walser leerte sein Wasserglas, fragte dann: »Aber warum ich?«

»Ich brauche Sie als Chronisten«, sagte Lienhard, »gegen das Vergessen und gegen eine flache Erde. Ich bin nun mehr oder weniger pleite. Das Geld steckt im Rettungsplan. Live-Stream und Mondlandung sind gestrichen. Ich brauche Sie für die Zeit danach. Falls es eine Zeit danach gibt. Andernfalls müssen wir uns über die flache Erde keine Sorgen machen.«

»Auf dem Zettel hat Meier ein Datum notiert«, sagte Walser ungewohnt leise und zögerlich.

»Ja, dieser kluge Kopf. Das von ihm damals errechnete Datum stimmt exakt. Morgen früh wird sich alles erweisen«, sagte Lienhard.

»Morgen schon?« fragte Walser und erschrak.

»Ja, morgen«, wiederholte Lienhard mit ungewohnt milder Stimme.

»Ich verstehe", sagte Walser und verstand nichts. Er spürte eine Leere im Kopf.

Die beiden Männer sassen noch lange gemeinsam am Esstisch, redeten. Dann bereitete Lienhard für sie beide neue Sandwiches vor und Walser machte sich Notizen für seine Story.

Einige Zeit später gab Lienhard Walser den Schlüssel für den zweiten Wohnwagen, wies ihn noch auf den guten TV-Satellitenempfang mit zweitausend Sendern hin. Walser nickte.

»Alles Gute«, sagte Lienhard und gab Walser die Hand. Dessen Hand zitterte.

»Das wünsche ich uns allen«, sagte Walser nur.

Lienhard blickte ihn an, beinahe wie ein Vater seinen Sohn anblickt, obwohl sie altersmässig nur einige Jahre auseinander waren, und beinahe väterlich klopfte er ihm auf die Schulter.

Kapitel Neununddreißig

Walser verliess Rebers Wohnwagen. Draussen war es mittlerweile Nacht geworden.

Es nieselte und der Nachthimmel war bedeckt. Er blickte von der Anhöhe auf den See und auf die Lichter der arglosen Stadt im Tal.

Aus dem Wald waren Wildtiere zu hören und die Luft hatte nicht mehr als vielleicht zwei, drei Grad.

Er fror, doch er blieb dennoch lange draussen stehen, atmete tief die kühle, feuchte Luft ein, hörte dem Klang des Regens zu und genoss einfach den Moment.

All diese Menschen, die nichts wussten von dem Ort da draussen, von dem Damokles-Schwert. Hoffentlich würden sie diese Woche in der Zeitung seinen Bericht lesen können.

Er blickte hoch. Oben, vom Wolkendach kurz freigegeben, hing unaufdringlich ein schwarzes Gewölbe. Hier und da ein paar Dutzend unscheinbare Lichtpunkte, und wenn man genau hinsah, sogar ein paar Myriaden.

Nach einer Weile ging Walser in seinen Wohnwagen, brühte sich einen Tee auf, schrieb an seiner Story und schaltete den Ofen an und den Fernseher ein.

Epilog

"Wanderung nach Keitum. Die ersten Bäume seit Wochen; was wir Landschaft nennen: das grüne Vergessen, dass wir auf einem Gestirn wohnen. Draussen auf den Dünen vergisst man es keinen Augenblick."

Max Frisch, Tagebuch 1946 - 1949.

ISBN 978-3-9525443-4-1

www.ingramcontent.com/pod-product-compliance
Lightning Source LLC
LaVergne TN
LVHW011011200726
843509LV00011B/1065